Narrativa San Paolo Ragazzi

l'avventura della mente e del cuore

Sofia Gallo

IN UNA SETTIMANA

SAN PAOLO

Progetto grafico e impaginazione: Langue&Parole, Milano

Piazza Soncino, 5 - 20092 Cinisello Balsamo (Milano)
www.edizionisanpaolo.it
Distribuzione: Diffusione San Paolo s.r.l.
Piazza Soncino, 5 - 20092 Cinisello Balsamo (Milano)

ISBN 978-88-922-1136-0

A Porta Palazzo,
luogo eletto di incontri.

In una settimana

Lunedì

Pare, mare, more, ore, mulo, puro, pare, pere, pirla!

Alberto fissava il muro della sua stanza, tappezzata di poster di Jimi Hendrix, Aretha Franklin, Joan Baez e Bob Dylan. Sapeva perfettamente che erano relitti della preistoria musicale, ma non gliene fregava niente del parere di quegli idioti dei suoi amici che sbavavano dietro ad Alessandra Amoroso o a Taylor Swift nei migliori dei casi, e lo prendevano per i fondelli perché si era bevuto il cervello con quei gusti da fricchettone cinquantenne.

Adesso in ogni caso neanche ce l'aveva, la musica sparata nelle orecchie, perché doveva pensare.

E lui pensava meglio in silenzio.

Doveva trovare *la parola* magica. Quella che gli avrebbe evitato di finire male, malissimo. Bocciato per la seconda volta. Una parola che l'insegnante di Lettere del suo fantasmagorico Istituto Professionale Lagrange gli aveva imposto di cercare alla svelta: quattro lettere che gli dovevano ispirare un racconto.

Facile a dirsi, impossibile a farsi. E dire che una volta lui scriveva canzoni, e non è che fosse un analfabeta e non avesse mai letto nulla, il fatto era che la sua vita era una vera schifezza, fin dal suo primo affacciarsi sul mondo, e la scuola un suo corollario deprimente. Un boccone insipido che non riusciva a trangugiare. Per questo rischiava grosso. Aveva passato l'intero anno scolastico abbarbicato al ruolo del menefreghista, chiuso a ostrica nel suo ostinato rifiuto di comunicare con i membri del corpo insegnante e, a dirla tutta, pure con i compagni, a cui riservava poche e spietate battute sarcastiche.

Adesso dunque doveva darsi da fare per non essere respinto di brutto a metà giugno, scaraventato nella fossa degli asini patentati in buona compagnia di alcuni componenti della sua eccelsa III B.

Un destino comune, pensava Alberto, è sempre meglio che un destino solitario.

Suo padre però una seconda bocciatura non gliela avrebbe fatta passare liscia. Lo avrebbe coperto di insulti, se non di botte che gli riuscivano meglio: un ingrato, un deficiente che sarebbe stato meglio lasciare annegare nel suo brodo, indegno perfino di quella classe di teppisti, in cui era stato costretto a iscriverlo per via della vicinanza al bar che gestiva con la moglie e in seguito ai suoi numerosi fallimenti in ogni altro ordine di scuola.

Eppure, argomentava Alberto, proprio quel maledetto bar, onnipresente, gli aveva impedito di diventare diverso da ciò che il suo "adorato" padre oggi fotografava con spietata esattezza: un ribelle ignorante, nullafacente e pluribocciato. Da piccolo nessuno gli badava. Padre e madre erano sempre assillati dai debiti e sempre troppo indaffarati a far tornare conti che non quadravano, così lui passava i pomeriggi a girarsi i pollici seduto sull'assito di legno dietro il bancone, spostato costantemente a calci perché intralciava. E i calci con gli anni si erano progressivamente trasformati in male parole perché non si degnava di dare una mano. Unico diversivo gli Urania e i Gialli Mondadori che giacevano in scatole dimenticate dietro le casse di birra e a cui lui attingeva in segreto a piene mani.

Ma non erano bastati Asimov o Conan Doyle a sviluppare quelle che la prof. chiamava "motivazioni", manco una ne aveva, e a scuola vivacchiava, osservatore assente, pura tappezzeria di muri insozzati di manate e pedate, nel frappè etnico della sua classe.

Una cosa da non credere: altro che riempirsi la bocca di *melting pot*, lì c'era soltanto il *pot* e niente *melting*, una pentola in cui gli elementi se ne stavano ognuno per conto proprio, pronti a lanciarsi frecciate velenose.

Lì la convivenza forzata contemplava tre cugini precipitati a Torino dall'Alta Langa piemontese a seguito del fallimento dell'azienda agricola di famiglia: di nome facevano Beppe, Eros e Gino, razzisti e rozzi quanto basta.

Poi c'era Sergio, un ragazzetto magro, schivo, sempre occhi a terra come un segugio in cerca della sua strada per il Costa Rica dove lui, nato e cresciuto nel dedalo di Porta Palazzo, sognava di emigrare per aprire una gelateria. E non parlava d'altro, confrontando i gelati di

Fiorio, Grom e Marchetti... tutte porcate in confronto a quelli che lui avrebbe prodotto con manghi e papaie. Abbandonate le papaie si passava in Estremo Oriente con Marco, un cinese occhialuto che, fuori dall'aula, si accompagnava sempre con il suo amico Mario, della III A, cinese come lui e come lui con un nome occidentale perché i loro erano impronunciabili. Insieme i due emettevano una cantilena metallica, che escludeva tutti gli altri dalle loro fitte conversazioni. Poi c'erano tre rumeni inseparabili con dei muscoli da far paura e la pelle bianchissima, promesse della squadra di rugby di Ciriè, e un altro, Joan, che si diceva fosse coinvolto negli affari loschi di una banda di spacciatori e che veniva a scuola un giorno sì e quattro no, e ancora un ucraino, Vasiliç, brutto, scontroso, musone, un orco uscito da un libro di favole dei Grimm.

Procedendo in ordine nei banchi si andava giù in Africa con due sognanti fanciulle senegalesi di una bellezza sfolgorante, Fatu e Siri, poi c'era Piru, un congolese percussionista che aveva il djembè in testa e tra le mani tutto il giorno, e un mazzo di marocchini furbi come volpi che non passava giorno che non avessero un diverbio a suon di pugni, calci, spintoni e parolacce con i sopradetti rumeni nerboruti.

In quelle occasioni il resto della classe si defilava annoiato, avendo perso da tempo qualsiasi curiosità sui motivi scatenanti di quegli scontri, tranne Vasiliç che arbitrava i match, proclamando vincitori e vinti e tenendo a mente i risultati. Infine, solcato l'Atlantico si arrivava in Perù con due ragazzotte, Carlita e Ana, svagate e ridanciane quanto basta. Innocue.

Ecco la III B.

Alberto aveva buon gioco a sostenere con suo padre che in quel contesto era impossibile concentrarsi su compiti e lezioni, mentre con i professori, per giustificare i suoi sbadigli, adduceva la pretesa dei genitori, martellante e ossessiva, ogni sera e ogni mattina, che lui li aiutasse al bar. La mamma aveva sempre mal di schiena e papà le braccia molli per lo scatenarsi di una strana malattia, un affanno, una stanchezza insolita, e il personale, chi se lo poteva permettere? Così Alberto si sentiva perennemente in colpa e alla fine un aiuto lo dava, risicato e di malavoglia, con la stessa indolenza con cui ogni mattina si sedeva nel banco a destra dell'ultima fila della classe.

Adesso però la prof. lo aveva messo alle strette.

O trovava la parola e scriveva qualcosa di decente oppure l'anno venturo gli sarebbe toccato ripetere la III.

Trasformarsi in una settimana in uno scribacchino dalle capacità accettabili era tutt'altro che semplice.

Tanto più che un altro pensiero che gli ingombrava il cervello, lui già ce l'aveva. Gonfio, turgido da farglielo scoppiare ed esplodere lì, seduta stante, contro i manifesti dei suoi idoli musicali di antica memoria. Lui pensava sempre e soltanto a Fatu. La più bella tra le due ragazze senegalesi.

No, bella era dir poco.

Fatu era un fuoco, un camino acceso che scoppiettava di vitalità e allegria, uno sfavillio di lampi da far venire la pelle d'oca a ogni lancio di occhiate sfuggenti, un sogno a occhi aperti di felicità sopraffina, un irresistibile desiderio che prorompe improvviso e ruba alla mente qualsiasi altra idea.

Non si erano quasi mai rivolti la parola, lui e Fatu. Alberto si era convinto che lei avesse la proibizione di parlare a qualsiasi individuo dell'altro sesso, oppure come sostenevano in molti si trincerava dietro quel divieto perché non era interessata a nessuno di loro. Li snobbava. Se la tirava da Naomi Campbell. Lui non la vedeva così altezzosa, ma in ogni modo la sua unica richiesta esplicita di accompagnarla a casa era naufragata in un episodio mortificante: Fatu lo aveva disdegnato sprezzante, allontanandosi di corsa e facendo cascare a terra i libri legati con la cinghia di cuoio, lui testardo si era fiondato a raccoglierli, ma una manona nera gli si era stampata in viso imponendogli una brusca frenata, un torcimento di collo all'indietro e un tremito che gli aveva scatenato un'urgenza finita miracolosamente in porto nei bagni della scuola, in alto sulle scale a destra, fatte a balzi di tre gradini alla volta, dopo aver oltrepassato contro corrente la fiumana di allievi che usciva.

Un avvertimento in piena regola di stare bene alla larga.

Da allora nessun contatto diretto.

Eppure un sesto senso diceva ad Alberto che oggi doveva concentrarsi su quella maledetta parola di quattro lettere. Altrimenti se la perdeva del tutto la sua Fatu.

Lei promossa lo era di sicuro, come altrettanto sicuro era che l'anno successivo avrebbe ammaliato qualcun altro e si sarebbe scordata delle sue occhiate appassionate, che fingeva, oh sì, fingeva di ignorare. Perché sotto sotto le immagazzinava a una a una, e pure le ricambiava, seppure raramente, accompagnandole con un sorriso accennato a fior di labbra. Da impazzire, seduta stante.

La prof. sadica aveva dato lo stesso compito anche a quel caprone musone di Vasiliç, che doveva trovarla in cirillico la sua parola, e a Piru, il sognante suonatore di djembè che va' a sapere in che diavolo di lingua la dovesse cercare, dal momento che nel suo paese di origine se ne parlavano almeno una decina.

Erano i tre reietti della classe.

Altri vacillavano in qualche materia, ma nessuno era sull'orlo del precipizio come loro.

Dovevano scrivere e poi al solito fare scambio delle loro parole. Portentoso esercizio di "integrazione". Alberto conosceva la parola *scuola* in diciotto lingue, poi *mensa*, *riso*, *banco*, *insegnante* e naturalmente *grazie* e *prego*. Ma non gliene era venuto mai un grande vantaggio, tranne qualche bella figura al bar con i clienti, le poche volte che non si sbagliava di nazionalità o, peggio, di religione.

Già, perché provate a dire *salam aleikum* a un congolese o un keniota e vi vedrete fulminare da un *Il signore sia con voi*, declinato con tutto lo spirito della loro chiesa evangelica o chissà che.

Be', comunque la prof. era fissata e pretendeva lo studio di una parola al giorno in tutte le stramaledette lingue madri del suo *pot*.

Stronzate. Lì dentro erano tutti italiani e parlavano malissimo l'italiano. Tutti indistintamente. Soltanto le parolacce si scambiavano a meraviglia.

E proprio allo scoccare di una parolaccia in arabo, quella mattina, Fatu era saltata su come una furia.

L'aveva capita la parola, indirizzata proprio a lei, che araba non era per niente ma che conosceva la lingua, per via del Corano. «Porco bastardo» urlava in italiano all'indirizzo di Joan, il mafiosetto rumeno, e allungava le sue dita affilate quasi volesse conficcargliele nel collo taurino. Era così eccitante vederla aizzarsi con quella veemenza, che Alberto si era sentito montare una tale ebollizione da aver paura di non riuscire a contenerla.

Il bello però era stata la velocità degli schieramenti che si erano creati, pro o contro la bella Fatu, che continuava a strepitare imperterrita che andasse a dirle a sua madre certe cose, lurido ubriacone ignorante, e Vasiliç, ficcatosi al solito in mezzo alla lite, era stato trattenuto per un pelo dall'acciuffarla per i capelli e scuoterla come uno straccio vecchio. In questo caso si era schierato naturalmente col rumeno, pur detestandolo cordialmente. Alleanza anti islamica, si chiama!

Alberto a quel punto era scattato in sua difesa, ma l'arrivo della Preside, richiamata dal trambusto di urla e insulti, aveva di colpo chetato gli animi e Vasiliç per sottrarsi alla solita ramanzina o, peggio, alla minaccia di sospensione, si era fatto piccolo, abbassandosi sotto il banco, ed era scivolato in terra finendo rovinosamente a sbattere con una capocciata contro la pedana della cattedra. Ovviamente coperto da una cascata di risate. Manica di bastardi, doveva aver pensato l'orco. E a ragione. Perché quando c'era bisogno dei suoi muscoli per farsi valere, tutti lo lisciavano e gli promettevano ogni sorta di piaceri. Addirittura lo pagavano per averlo come guardia del corpo in qualche scambio semiclandestino di roba da fumare.

Alberto si stava perdendo a rivivere la mattinata di scuola. Gli veniva da ridere a ricordare Vasiliç rosso di rabbia, che si spazzolava via la polvere e il gesso dai pantaloni e si massaggiava il bernoccolo, sotto lo sguardo ironico e sprezzante della fata senegalese.

Multi, pensò di colpo.

Poteva essere questa la parola?

Avrebbe fatto contenta la prof.

«Multi etnico» ripeté a voce alta. Quasi gridando.

«Uno zoo multietnico come la mia classe!» Scritto attaccato, pronunciato staccato.

Alberto si alzò dal letto in preda a una sorta di furia incontenibile e si mise a percorrere la stanza. Avanti e indietro. Parlare ad alta voce gli schiariva le idee.

«Come mettere in gabbia un leone con una lepre o un topolino con una lince». E giù un calcio alla borsa della palestra sbattuta in terra e puzzolente di roba sudata.

Detestava tutte le parole con *pluri*, *multi* ecc. Artefatte, messe in bocca per darsi una spolverata di solidarietà, di fervore umanitario. Uno schifo! E poi le lettere erano cinque.

Dunque, niente parola magica.

E il pensiero tornava prepotente a Fatu.

Imbestialita.

Fiera.

Scattante.

Sexy.

«Mica siamo arabi noi, pezzo di idiota» aveva continuato a tuonare dopo che la Preside se ne era uscita.

«Ma musulmana lo sei. Di quella sporca razza di tagliagole!» ribatteva Joan spalleggiato dalla squadra di rugby rumena e dal consenso evidente dei tre langaroli che contemplavano la scena a braccia conserte e aria beffarda. Buoni per funghi e tartufi, ma non certo per disquisire sulla benevolenza o meno di Allah verso il genere umano.

«Una frittata siete, voi islamici» gli dava poi manforte Vasiliç.

«Una macedonia... un frullato...»

A quel punto si era innescata una rissa vera e propria con il gruppo dei marocchini, sostenuti per solidarietà africana da Piru e per spirito accomodante e pacifista dal mite Sergio e dalle due peruviane.

E lei, la prof., neanche più il fiato per urlare aveva. Li supplicava di smettere, che sarebbe di nuovo arrivata la Preside, che era la fine dell'anno, che la piantassero una buona volta, che era snervante, inutile, scontato... Scuoteva impotente la testa e allargava le braccia in segno di sfinimento. Adesso si mette a piangere, aveva pensato Alberto che non riusciva a distogliere lo sguardo dai suoi movimenti: capo, braccia, bocca, occhi, naso, mani, sospiri... che buffa! Era il simbolo vivente dell'impotenza a riportare ordine in quel casino.

Però forse un'anima ce l'ha, si diceva adesso. Dopotutto ce la mette tutta per creare un collante tra i compagni. Battaglia persa.

«Ma chi se ne frega della prof.» si irritò riscuotendosi da quelle riflessioni.

Poi continuò tra sé: «Fatu! Ecco di chi mi frega! E il tuo nome è pure una parola di quattro lettere! No, non va bene. Tu sei al di sopra di tutto. Tu sei uno schianto». Sospirò. «Quando ti arrabbi, quando ti arricci i capelli con le dita, poi li afferri e li annodi sulla testa, così che ti piovono in una cascata di riccioli neri... Potrei rifarli i tuoi gesti, tanto li ho osservati. Vorrei prenderti tra le braccia, baciare le tue labbra, sei un cioccolatino da gustare con calma... Oddio, i brividi mi vengono. Se qualcuno mi sentisse, mi darebbe del disgraziato razzista, ma Fatu è color dell'ebano, liscia come l'olio... e io sono stregato e non troverò mai una parola che funziona. E poi se la trovo, che scrivo? Di frustrazione, di paura, di vuoto?» A quel punto non era più una mezza voce, era di nuovo un grido rabbioso: «Fottuto compito e pomeriggio di merda!»

Alberto si alzò, sparò la voce rauca e sensuale di Alessandra Amoroso a tutto volume, che pure lui la sentiva la musica commerciale, che si credevano tutti quanti, e si ributtò sul letto stremato.

«Merda!» ripeté a denti stretti e di lì a un minuto si addormentò come un sasso.

La voce di sua madre gli rimbombò nelle orecchie.

«Alzati! È pronto in tavola. Sei andato ad aiutare tuo padre? Lo sai che non sta bene».

In assenza di risposta, lei continuò a recitare la litania lamentosa sul suo conto, sulla sua ingratitudine, e per cosa? Per starsene stravaccato sul letto? Una vergogna, un insulto a loro che erano già in piedi a lavorare prima dall'alba. Un'infamia. Un figlio degenere. Niente lavoro, niente scuola, niente di niente.

Una litania sentita mille volte, inframmezzata dagli strepiti per chiamarlo in cucina, e magari desse una mano qualche volta! Che già le otto passate erano, maledizione!

Alberto non riusciva a capacitarsi che quella strega urlante fosse sua madre, una donna grassoccia, spettinata e astiosa che lo copriva di improperi. Gli pareva piuttosto un'estranea, una poveretta qualsiasi che lo aveva trovato per caso e allevato al puro scopo di addestrarlo a fare caffè e servire birre ai tavoli.

Se lei era frustrata dal lavoro e dai modi a dir poco bruschi del marito padrone, che colpa ne aveva lui? Alberto fece spallucce. Ne aveva abbastanza di tutto e di tutti.

E per assurdo quel pensiero lo fece sentire bene.

Per meglio dire, si sentì in grado di venire a più miti consigli.

Ubbidì, si tirò in piedi, si trascinò in cucina, bypassò la risposta sull'aiuto che non aveva dato al padre e le chiese gentilmente come era andata la giornata e a sua volta descrisse la sua: nessuna novità saliente, una giornata catacombale. Ascoltandosi si vide immerso in una tale nebbia di squallore, percepì con tale vivezza la sensazione di inutilità e di disagio che sbottò in un: «Mamma, che devo fare?»

La domanda lasciò sbalordita la madre che lo guardò

come avrebbe guardato un dromedario entrato di soppiatto dalla finestra per papparsi la sua minestra di cavolo. Una richiesta di aiuto totalmente inaspettata. Espressa persino con sincerità. Avrebbe voluto prenderlo a schiaffi perché la metteva in imbarazzo, che lei non sapeva che diavolo rispondergli, se non di darsi una mossa, e invece continuò a fissarlo. In silenzio.

Alberto sorrise, le sfilò accanto e si sedette. Mangiò veloce, borbottò che l'indomani avrebbe sostituito il padre nel turno di sera al bar. Così per una volta sarebbe venuto a cena a un'ora decente. La madre fece un cenno di assenso appoggiando entrambi i gomiti larghi sulla tavola e lo guardò di sottecchi, come a dire: gatta ci cova, che ti succede? Prometti, prometti e poi chissà... Alberto non le diede il tempo di formulare a parole le perplessità che le si leggevano in viso, si alzò, mise piatto e bicchiere nel lavello, le fece una carezza leggera e tornò a chiudersi in camera sua. Almeno una cosa l'aveva ottenuta: aveva evitato altri strepiti.

Nella sua vita troppa gente urlava.

Scacciò i rumori molesti dalla mente e ritornò a pensare alla sua parola.

Frugando tra i CD alla ricerca di una musica che gli andasse di ascoltare, si ricordò in un lampo di quando, faceva forse la seconda media o giù di lì, era venuta in classe un'assistente sociale, per via di quell'Hassan solitario e mezzo pazzo che si era spaccato il labbro sbattendo la testa contro lo spigolo della finestra, cosa che faceva regolarmente nelle sue crisi d'ira incontenibili. Urli su urli da trapanare le orecchie! Ed era saltata fuori la comunicazione plurima. Loro ignoravano cosa fosse e la tipa si era inalberata. «Ma come, voi nativi digitali passate il tempo a smanettare iPad, iPod, iPhone... e neppure sapete che cosa sia la multimedialità!»

Nella sua scuola nessuno di loro si poteva permettere una simile insalata di aggeggi elettronici, oltretutto immessi sul mercato di recente, insieme al maledetto *multi* di cui sopra, e ci fu silenzio. Ma lei non desistette e si animò a parlare di gesti, musica, pittura, danza, teatro, tutti *media* con cui possiamo comunicare. Mezzi che ci danno il tempo per riflettere, invece di parlare a vanvera, e di raggiungere col nostro interesse chi è in difficoltà. Alludeva, ovvio, a Hassan e insisteva: riflessione, espressione, segni di pace, silenzio.

Il cervello di Alberto entrò in ebollizione. *Silenzio*, poteva essere la parola su cui lavorare. Anche *comunicazione* era una buona idea, ma ci voleva qualcosa di più concreto. E poi erano tutte troppo lunghe. *Pace* funzionava, ma era abusata, troppo difficile scrivere qualcosa di originale. L'uomo è un essere sociale, raccontava la tipa in quell'incontro, ha bisogno degli altri e li ricerca, e lui, caso strano, era stato tutto orecchi. Diceva che bisognava chiudere gli occhi e visualizzare un modo per rendere gli altri, tutti senza esclusioni, oggetto della nostra capacità di comunicare. Se lo vedevamo, quel modo, potevamo cominciare ad abbattere i muri.

Dio, chissà come ce l'ha adesso con gli austriaci, o gli ungheresi, i danesi, tutti quelli lì che non fanno altro che innalzare muri contro i migranti, pensò Alberto abbandonando nella nebbia dei ricordi il povero Hassan. Lei, la tipa, starà impazzendo di rabbia, oppure sarà da qualche parte ad aiutare chi sbarca dai barconi della morte: un'antesignana della campagna contro i muri, che servono soltanto a nascondere la verità, a diventare violenti.

Violenza era la parola? Troppe lettere.

Alberto era stato bocciato l'anno di quell'incontro. Era troppo amico di un certo Agostino che faceva un casino indiavolato e passava il tempo a giocare con la PlayStation sotto il banco. Accompagnava ogni mossa con scatti nervosi che salivano dalle dita, velocissime, su per le braccia, le spalle, la testa, le orecchie, le labbra. Giocava e diventava un tutt'uno con la maledetta pallina da tennis che rimbalzava e si scagliava tagliente nel campo avversario. Impossibile batterlo. Ma certo provarci era una sfida e Alberto ci si era perso. Coinvolto dall'ossessione di Agostino, aveva sviluppato una sordità totale non solo verso il mondo circostante, ma anche verso se stesso. Non si ascoltava più. Si annullava nei giochi elettronici di Agostino. Incapace di scorgere i muri che si stavano innalzando dentro di lui, barriere di rancore e risentimento per la sua infanzia infelice, muri di diffidenza verso gli altri e, per la miseria, quanti maledetti muri c'erano in giro per il mondo, argini, dighe, confini, filo spinato, gabbie, recinzioni...

Quel giorno l'assistente sociale aveva per un attimo penetrato il suo guscio di ferro. Ma, uscita lei, Alberto aveva richiuso i battenti ed era ritornato al suo mondo di pulsanti, rosso e verde, uno spara dritto e l'altro in diagonale.

Adesso, però, strinse i pugni davanti a sé in segno di vittoria, scosse i suoi riccioli neri, inforcò gli occhiali da vista che correggevano la sua miopia galoppante e sorrise tra sé. La parola c'era. MURO.

La incise a caratteri cubitali col pennarello su un foglio bianco. Adesso bastava trovare l'idea per scriverle attorno.

Assediare la parola *muro*.

Fare breccia nella parola *muro*.

Pensare a un muro di gomma, che si fa elastico per non farsi sfondare.

Pensare al passato per arrivare al presente.

Dalla Muraglia cinese al Muro di Berlino.

Forse un po' troppo scontati, ne avranno già scritto in diecimila di quei muri. Ora però c'era la novità di quel borioso di Trump che inneggiava ai muri a El Paso. O giù per lì tra il Messico e gli Stati Uniti. E se anche non fosse lui il Presidente, salterebbe fuori qualcun altro a parlare di erigere muri contro i poveracci che vogliono cercare fortuna o scappare dalle bombe... I muri sono sempre in voga, si disse convinto, più della minigonna, del rock americano e dell'iPad, non escono dal mercato, non diventano superati, fuori moda. Anzi.

Alberto vagava mentalmente avanti e indietro tra i TG e le sue conoscenze frammentarie di storia per scoprire un mondo fatto di muri. Oltre alle pietre elevate per escludere gli altri, pietre di guerra, pietre di razzismo, c'erano le pietre accumulate alla rinfusa nel suo animo che gli impedivano di stare con gli altri, di accettare i suoi genitori, di parlare con Fatu…

E se non fosse bastato il suo personale sentire, c'era pure Wikipedia a venirgli in aiuto.

Adesso non vedeva che muri.

Si assordò con Aretha Franklin, sicuro che fosse il CD giusto per cancellare quella visione che lo stava imprigionando in un incubo.

Il lunedì non era passato invano.

Martedì

Trovata la parola, mancava l'ispirazione giusta per tessere un racconto. Alberto aveva dormito come un pascià, ma al risveglio il pensiero del compito per la prof. era lì in agguato a tormentarlo. Tutte cretinate, le sue prediche... che basta partire da quattro lettere e ragionare per assonanze o per associazioni, non ricordava con precisione, e la storia fluisce liscia come acqua che scorre placida in un fiumiciattolo di pianura.

Che paragoni strampalati fa la prof., si disse vestendosi.

Fiumiciattolo di pianura? E che era? Lui aveva visto torrenti di montagna, ruscelli, canali di irrigazione tra le risaie vicino alla casa del nonno nel vercellese o fiumi come il Po nella Bassa Padana dove stavano i suoi zii. Di fiumiciattoli lui non ne conosceva nessuno, e se erano in pianura voleva dire che già avevano raccolto le acque che scendevano dalle montagne e non erano tanto piccoli.

L'insegnante di Lettere era francamente un'idiota. Detto fra noi.

Bene. Ricominciamo.

Alberto si vestì di corsa e uscì. Si incamminò a testa bassa verso il bar dei genitori, sovrappensiero. Urtò un passante e tirò un calcio a una lattina di Coca-Cola abbandonata sul marciapiede. Il passante gli lanciò un'occhiata furiosa e la lattina volò in aria e finì dritta sul parabrezza di un tipo che inchiodò, abbassò il finestrino e si mise a inveire contro la sua inciviltà. Alberto si strinse nelle spalle e si scusò con entrambi. Di solito non sarebbe stato così remissivo, ma l'inversione di rotta adottata con la madre la sera prima poteva funzionare con tutti, si disse, e poi non voleva interrompere il corso della sua meditazione narrativa. Addirittura si chinò a raccogliere la lattina e la gettò nel cestino appeso al palo all'angolo della strada, davanti al bar dei suoi.

Sbuffò.

Mormorò: «Muro, muro, muro...» Che palle! Sul Muro di Berlino era stato già detto tutto. Il muro di Gaza in Palestina, terreno minato. Del gran casino tra i palestinesi e Israele non sapeva granché, e gli pareva impossibile ambientare un qualsivoglia straccio di racconto in posti che lui nemmeno lontanamente immaginava come fossero.

Muri, è vero, ce n'erano pure intorno a lui, però non avevano significati speciali. Muraglioni, palizzate, recinzioni, muri simili in ogni paese che separano i giardini delle case, delimitano i posteggi delle auto, sostengono le rive scoscese della collina. Ispirazione, quest'ultima, venuta da un suo lontano cugino (i suoi parenti si contavano a decine) che faceva i disgaggi.

Ecco, avrebbe potuto stupire l'insegnante con quella parola. Magari manco sapeva che cosa volesse dire.

Invece lui sì, perché il cugino Maurizio l'aveva portato con sé un sabato a fissare una rete metallica sulle rive pietrose a lato di una strada che si inerpicava su per la montagna in Val di Susa, la valle della TAV per intenderci, in modo che i sassi non crollassero in testa agli automobilisti.

Che c'entrava tutto ciò?

Alberto sbuffò ancora.

Gli pareva di impazzire. Non ce l'avrebbe mai fatta.

Aveva cantato vittoria troppo in fretta.

La parola *muro* era abusata come *pace*. Impossibile scrivere qualcosa di originale e sensato. Eppure un che di intimo e profondo si agitava dentro di lui a rendergliela carica di significati, financo di prospettive per il futuro, e dunque, senza sapere bene il perché, Alberto decise di non cercare altrove, di non divagare, ma di lasciare che la parola si insinuasse nella sua testa, con la speranza di farne scaturire una buona ispirazione.

Così tra lo scocciato e l'imbambolato entrò nel bar. Suo padre per fortuna era uscito a prendere le casse di birra, mentre la mamma trafficava con la macchina del caffè.

«Ciao, ma'» disse tra i denti.

«Alla buonora. Già in ritardo di primo mattino» disse lei secca, ma senza astio.

«Non sono in ritardo» protestò Alberto. «Soprattutto se mi fai veloce un caffè!» Sorrise sornione e afferrò un croissant dalla vetrinetta a lato del bancone. Avanti tutta coi modi gentili! Quando riescono con sufficiente spontaneità ti ripagano sempre. Disarmano l'aggressività altrui, rendono le persone più affabili, più indulgenti nei tuoi confronti.

Si compiacque del suo ragionamento. Molto maturo. Trangugiò il caffè bollente con due bustine di zucchero di canna, di cui amava alla follia i granelli che raccolse diligente con il cucchiaino dal fondo della tazzina, si pulì le labbra con la manica della giacca, prese il sacco che aveva posato su una sedia, fece un cenno di saluto a sua madre e ai tre avventori che cicalavano di pettegolezzi calcistici, borbottò un «Ciao» strascicato all'indirizzo di suo padre, che in quel momento stava entrando nel bar con una cassetta di birra sulla spalla e che nemmeno lo ricambiò, e si diresse di corsa a scuola.

Il suo cervello fumava per tutti quei pensieri peregrini e, tra i muri e la sua nuova tattica di comportamento conciliante, la voglia di non andare a scuola gli saltò addosso prepotente.

Al diavolo tutto, pensò.

Deviò per non farsi notare nella strada che costeggiava il retro dell'Istituto e si avviò con passo spedito verso i giardini delle Porte Palatine. Mancavano cinque giorni alla prova finale con la prof. di Lettere e Alberto doveva concentrarsi sul suo compito. Senza troppe distrazioni.

Attraversò Corso XI Febbraio e d'un tratto sentì lo stridere di gomme sull'asfalto e la frenata cigolante di un'auto sulle rotaie del tram.

Si girò di scatto e la vide.

Fatu stava correndo verso la scuola. A momenti finiva

sotto l'auto e adesso il tizio al volante le gridava insulti irripetibili. Era sola. Almeno a un rapido sguardo lì intorno. Affannata, scomposta. Non era da lei, sempre puntuale, anzi in anticipo sull'orario, sempre controllata, quasi distaccata, che volava leggera piuttosto che calpestare banalmente l'asfalto: portamento eretto, statuario, i capelli raccolti, fianchi stretti nei jeans e culetto a punta che si intravedeva sotto la maglia lunga. Alberto fu tentato di rincorrerla, ma non reagì abbastanza in fretta, stava fermo lì con la voglia di strozzare il cretino che continuava a sbraitare dal finestrino, già incazzoso di prima mattina. Poi, mentre era in bilico sul da farsi, notò un tipo tarchiato, con due spalle da lottatore di sumo, che si defilava a grandi falcate verso la via che si immetteva lateralmente sulla piazza del mercato di Porta Palazzo.

Alla fine girò i tacchi, decidendo che per capire che cavolo stava succedendo era meglio andare a scuola, anche se in ritardo, e prendersi l'ennesima lavata di capo dalla prof., piuttosto che girovagare nei giardini in cerca di idee per la sua storia.

Così rifece il percorso inverso di corsa, attraversò col semaforo rosso, scansando il muso di un camioncino di frutta e verdura, e in un battibaleno si ritrovò davanti alla scuola, si buttò su per le scale ignorando i richiami del personale di sorveglianza e corse in classe. Entrò col fiatone, sfilò dietro la schiena del prof. di mate intento a scrivere sulla lavagna, si sedette al suo posto e si accorse subito con terrore che Fatu non c'era.

Fece per alzarsi e riuscire, ma in quell'attimo il professor

Santini si voltò e lo fulminò con un: «Stai seduto dove sei e non ti muovere». Sergio al suo fianco gli diede una gomitata, invitandolo a non reagire.

«Non lo innervosire» bisbigliò.

Alberto sospirò, si stiracchiò, si sistemò mezzo stravaccato sulla sedia allungando le gambe sotto il banco e si limitò a ricambiare con uno sguardo d'odio il prof. che riprese a spiegare pomposamente le sue elucubrazioni algebriche.

In classe c'era uno strano silenzio. Non si capiva se di attenzione o di indifferenza.

A guardar bene, mancava anche Vasiliç.

I conti non tornano, pensò Alberto. Sentì una tale impazienza addosso che gli si irrigidirono tutti i muscoli. Era inchiodato lì nel banco, impossibilitato a muoversi, come un torturato incatenato alla sedia in balia del carnefice.

Respirò a fondo e scosse le braccia per scacciare l'immagine nefanda.

Se non sai dove andare, stai fermo, si disse. Strategia vincente.

Chiuse gli occhi e, incurante della lezione, ripescò il pensiero del muro.

Il suo *muro* poteva essere un banale muro che assumeva le sembianze dei muri con la M maiuscola nell'immaginazione di un ragazzino. Un ragazzino dodicenne come era stato lui, qualche anno fa. Quando i suoi genitori si era stufati delle sue continue provocazioni che si concretizzavano in furie giornaliere o sparizioni repentine e lo avevano affidato al nonno, il padre di lei, vedovo da qualche tempo e relegato nella vecchia villa di campagna nel vercellese, accanto a Borgo San Silvestro, un minuscolo paesello di contadini. La proprietà del nonno era enorme e lui si perdeva a esplorare il bosco, a bagnarsi nei torrentelli che lo attraversavano, per sbucare sulla piana delle risaie e aggirarsi scalzo tra i canali in cerca di rane. Un bottino che condivideva con gli amichetti del paese, per rivenderlo all'Osteria del Borgo, dove le poverette finivano fritte in padella. E loro gli euro guadagnati se li spendevano al bar, tra videogiochi, calcetto e flipper. Altro che punizione! Lui si divertiva un mondo in quel posto. Niente lavoro al bar, niente urlate del padre, niente schiaffi dalla madre, zero psicologhe, assistenti sociali, minacce di finire in riformatorio, fughe nel cuore della notte, bidoni rovesciati per ripicca, sputi sui passanti o sui panini... a ripensare quanta ribellione aveva covato in corpo nella sua infanzia, Albero quasi si sentì male. Gli montò in gola un sapore amaro e quella orribile sensazione di panico che doveva mettere subito a tacere prima che si impadronisse di lui. Buttò fuori il fiato e riposizionò immediatamente i suoi pensieri sui ricordi positivi. La vita in campagna dal nonno lo aveva pacificato. Anche la scuola era più facile, due aulette dietro la parrocchia, un'atmosfera familiare; lui ci andava o non ci andava e nessuno gli diceva nulla e la sufficienza in un modo o nell'altro se la beccava sempre, che mica le maestre volevano attirarsi gli strali del nonno, il vecchio signore del paese. E poi lui, un ragazzino ribelle con un padre violento che si vociferava non risparmiasse la frusta e le botte, costituiva un discreto interesse e un'occasione di chiacchiere e meritava benevolenza assoluta.

Tutto dunque era filato liscio fino a che erano cominciate le pretese delle nipoti, figlie della sorella del nonno, di avere un pezzo di quella grande proprietà, che spettava loro per diritto ereditario. Così la questione della divisione, che Alberto si era sempre infischiato di capire, iniziò a dominare incontrastata interminabili e noiosissimi pranzi, con l'avvocato tal dei tali e il geometra e il commercialista. Tutti i giorni che Dio mandava in terra compariva un nuovo personaggio che il nonno doveva aggiornare sull'intera faccenda, e il culmine delle discussioni si raggiungeva durante le riunioni di famiglia la domenica, quando anche madre e padre lo andavano a trovare. La lite sulla spartizione della casa e del terreno arrivò a coinvolgere tutti i parenti indistintamente e occupò le loro menti annullando qualsiasi altro pensiero. Erano concentrati sui metri quadrati di giardino e sui volumi che si potevano recuperare dal capanno degli attrezzi e dalla tettoia di rimessaggio del trattore, per costruire altre proprietà che sarebbero state messe a reddito, costi, ricavi, tegole, tetti, alberi, pozzi... un groviglio di cui non si veniva a capo. In quelle occasioni Alberto si defilava, tanto nessuno si scomodava a interessarsi a lui, e andava a giocare a calcio con i suoi amici oppure, in assenza di rane, li istigava a far incetta di cavallette nei prati dietro la chiesa. Tutti insieme le chiudevano nei barattoli vuoti delle conserve e poi le liberavano nella bottega della Pina, la panettiera, che montava su tutte le furie e li cacciava a colpi di scopa di saggina. Grassa, col foulard annodato sotto i capelli, il grembiule, gli zoccoli di legno ai piedi e le gote rosse, era la strega perfetta di una fiaba dei Grimm, degna compagna dell'orco Vasiliç.

In capo a due anni di litigi, quello che Alberto considerava il suo personale terreno di gioco venne drasticamente ridimensionato: i vari contendenti trovarono finalmente un accordo e tirarono su un muro che tagliò a mezzo la proprietà. Anzi non a mezzo, perché il nonno per tenersi la villa dovette cedere gran parte del terreno e si ritrovò il muro a fianco della casa e il giardino ridotto a un fazzoletto di prato con una siepe di rose e due enormi tigli, che parevano offesi di non essere più al centro dell'attenzione ed emettevano un profumo che quasi nauseava, tanto era intenso. Alle due nipoti toccò la restante parte della proprietà, compresi il capanno e la tettoia che vennero immediatamente abbattuti per dar vita, non si sa in virtù di quale permesso edilizio, a due villette moderne che loro diedero in affitto. Il nonno se la prese così tanto che divenne intrattabile e, rane o non rane, sufficienza o non sufficienza, Alberto pretese di rientrare in città.

Ora però poteva scrivere la storia di quel muro della discordia. Farlo vivere nell'immaginazione di un ragazzino, che era lui e non era lui, con un nonno musone, un vecchio brontolone che non cessava di nutrire la speranza di abbatterlo. Oppure si poteva scavalcarlo, o scavarci sotto un passaggio segreto. Insomma, a partire da quella casa nel vercellese poteva lavorare di fantasia, acchiappando per il collarino qualche riferimento ai più memorabili tra i litigi familiari.

Il ragazzino poteva chiamarsi Berto. L'abbreviazione del suo nome era una genialata. Così poteva scrivere di sé e inventare nello stesso tempo.

Anche la mattina di martedì non era passata invano.

Aveva la parola *muro* e il nome del protagonista: *Berto*.

Mancava tutto il resto.

Alberto comunque era molto soddisfatto e si accingeva a prendere di soppiatto carta e penna per buttar giù qualche idea, quando la porta della classe si spalancò di colpo e apparve la faccia, gonfia di botte, di Vasiliç.

Il prof. Santini rimase col gesso sospeso a mezz'aria e tutti fissarono trasecolati l'ucraino. Per un momento che parve essere lunghissimo, in realtà forse soltanto dieci secondi, nessuno fece nulla. Giusto il tempo perché la sua mole si abbattesse per terra con un tonfo da far tremare le pareti.

Il prof., bontà sua, riavutosi velocemente dallo spavento, si precipitò con un balzo fuori dall'aula in cerca di soccorsi, mentre in classe domande ed esclamazioni si accavallarono affannate.

«È svenuto!»

«Sta male».

«L'hanno massacrato di botte».

«Chi l'ha fatto entrare a scuola?»

«Ma cosa è successo?»

«Dov'era?»

«Chi è stato?»

Com'era possibile che un gigante come Vasiliç trovasse qualcuno capace di dargliele di santa ragione? Questo era il pensiero di tutti. E nella mente di Alberto balenò anche l'idea che qualcuno doveva provare una certa soddisfazione a vederlo ridotto così. Sconfitto. Abbattuto. Mortificato. Invece a lui fece pena. Come una belva o un mostro braccato, che semina panico e terrore, ma al momento della disfatta rivela la sua vera anima. A lui Vasiliç non aveva mai torto un capello, e anche ai compagni, a ben riflettere, non aveva fatto mai del male. Si limitava a marcare il suo territorio, impedendo ad altri bulli di fare i gradassi all'interno dei suoi confini, ma non invadeva lo spazio altrui, non provocava scazzottate inutili e gratuite, non innescava gelosie o metteva in giro maldicenze. Il ruolo che rivestiva era di arbitrare e far da paciere nelle risse. In una parola, ad Alberto pareva che Vasiliç fosse un energumeno onesto, uno tutto muscoli e poco cervello, ma con un nocciolo duro di buoni sentimenti nell'animo e un catalogo in testa altrettanto solido di cose buone e cose cattive.

Quindi se era ridotto in quello stato era perché era successo qualcosa di brutto.

Di molto brutto.

A meno che lui si sbagliasse e che il suo giudizio non corrispondesse alla realtà, ovvero che la bonomia e imparzialità dell'ucraino fossero una maschera che nascondeva qualche recondito istinto bestiale. Perché in ogni caso, gigante buono o orco cattivo, Vasiliç era uno fuori dal comune.

Alberto assisteva impotente all'andirivieni intorno al suo corpo accasciato a terra di infermieri e insegnanti – insegnanti agitati, insegnanti scettici, allarmisti, menefreghisti – e registrava la casistica di sentimenti che animava gli alunni del Lagrange, i quali in massa avevano prontamente interrotto le lezioni per guardare da vicino la bestia rovinata a terra, sordi alle proteste di quanti volevano richiamarli all'ordine nelle rispettive classi. L'intero istituto era entrato in agitazione e si muoveva a onde nei corridoi e lungo le scale, spiando e ipotizzando quanto si andava dicendo tra la Preside, compunta e con la faccia seccata dall'ennesima grana, e un paio di poliziotti da lei allertati in attesa dell'ambulanza che tardava ad arrivare.

Appoggiato allo stipite della porta, Alberto pensava all'immagine fugace di Fatu che scappava di corsa e mise a fuoco la figura tarchiata che aveva intravisto quella mattina. Fatu scappava da qualcosa o qualcuno? Lui aveva pensato che stesse andando a scuola. Per questo aveva cambiato idea e rinunciato a bighellonare alle Porte Palatine. Invece no. Cercò con gli occhi la sua amica Siri, ma non la trovò. Si mosse allora alla ricerca di qualcuno che ne sapesse qualcosa. Lì a portata di mano aveva Carlita che chiacchierava, in uno spagnolo strascicato, con una ragazzina peruviana della II A. Discuteva della puntata di *Masterchef* della sera prima in televisione. Lui la interruppe e domandò di Siri, lei fece spallucce e bofonchiò che non sapeva nulla. Anche da Ana, che stava china su Vasiliç con fare da crocerossina, ebbe la stessa risposta. Nessuno aveva visto Fatu quella mattina e nessuno si era accorto di quando e come fosse sparita Siri.

Ad Alberto era parso che Siri ci fosse durante la lezione di matematica. Però sicuramente era troppo distratto e forse si sbagliava. Entrambe le senegalesi non si erano presentate a lezione. Doveva essere proprio così.

«In classe!» tuonò in quel momento la prof. di Lettere. L'ora di matematica era sgusciata via con l'arrivo improvviso di Vasiliç, ora toccava a lei ed erano appena le undici e mezza.

Alberto sbuffò. Doveva andarsene subito.

E indagare. Appurare. Scoprire.

Si sedette e studiò una strategia di fuga.

La prof. intanto si rivolse alla classe, proponendo di discutere del caso di Vasiliç. Dai banchi si levò una protesta pressoché unanime di parlare d'altro. Nessuno evidentemente aveva intenzione di spiattellare ciò che sapeva sul suo conto o su quanto era successo al mattino. Sempre che qualcuno ne sapesse veramente qualcosa. Tra il popolo di Porta Palazzo vigeva un'omertà quasi assoluta.

Chi parlò, infatti, si tenne sulle generali o su ipotesi senza fondamento.

«Avrà attaccato briga e le avrà prese una volta buona» incalzarono i rumeni, parlando tutti insieme e accaniti a dargli addosso.

«Forse ha tentato di scippare una vecchietta o di saltare addosso a qualcuna...» azzardò Gino ridacchiando.

I marocchini sornioni ricambiarono i risolini e tacquero. Del resto se avessero parlato nessuno gli avrebbe dato credito. Evasivi, sempre; ballisti, sovente. Vivevano di mezze verità. Soltanto Marco, il cinese più aperto e disinvolto tra i due, con gli occhiali spessi che gli cascavano sempre sul naso, intervenne nel merito di quanto era successo, dicendo che lui quella mattina aveva visto Vasiliç nella via traversa di Porta Palazzo dietro il mercato dei contadini. Dove c'è Gallina, il negozio del pesce. Alle sette. Più o meno. Presto, comunque. Forse potevano essere anche le sei e mezza.

«Stava discutendo con alcuni uomini di colore» disse.

«Sicuro?» fece Eros.

Sì. Marco era sicuro che fosse lui. Gli uomini alzavano la voce, gesticolavano animati, anzi adirati, minacciosi.

Era stato dunque un pestaggio in piena regola? Ma perché? Che cosa aveva fatto Vasiliç?

E ancora, dalle sei e mezza di mattina all'ora in cui era approdato a scuola, dove diavolo si era ficcato?

«E tu che ci facevi lì alle sei e mezza?» chiese Carlita petulante, distogliendo i compagni dalla serrata ricostruzione del giallo.

«A che ora andate al mercato voi in Perù?» ribatté secco Marco. «I miei hanno un banco e io li aiuto».

«Di frutta e verdura?» incalzò lei.

«Ma chi se ne frega cosa vendono» sbottò Eros.

«L'avranno caricato su un furgoncino e pestato altrove. Mica lì davanti a tutti» intervenne Piru riportando in pista il dibattito su Vasiliç.

«Ecco a voi il genio delle indagini poliziesche» ironizzò Eros.

«Ha ragione. Lì a quell'ora montano tutti i banchi. Ci sono un fracco di testimoni» azzardò Sergio, facendosi ancora più mingherlino di quanto già non fosse.

«Il fatto è che ce l'hanno sempre tutti con lui» sbottò

Ana contrariata, chiudendosi a riccio con le braccia incrociate sul banco. Lei era una dal cuore in mano.

Alberto non resisteva più.

Si alzò e andò alla cattedra.

«I miei non hanno banchi al mercato, ma hanno un bar e mio padre si è sentito male!» disse con l'aria più mesta che gli riuscì di fare.

La prof. deviò lo sguardo su di lui. Perplessa. «Come lo sai?»

«Come lo so? Da un messaggio».

«Arrivato adesso fresco fresco?»

Alberto si vide perduto. Quella lo voleva vedere il messaggio. Sicuro.

Invece lei alzò leggermente le spalle e bofonchiò: «Va bene, permesso accordato. Tanto l'ora è persa. Porta il diario che lo firmo. Ma ricorda la "parola" e sappi che voglio un racconto di almeno settemila battute».

«Che stia in piedi» aggiunse.

«Un racconto in piedi?» fece Alberto ironico.

«Esatto. Come dovreste stare anche voi. Tutti. Con un minimo di orgoglio!»

Forse era stata così accondiscendente per approfittare della pausa e dare un taglio alla discussione sul caso Vasiliç che si profilava sterile. Nessuno aveva argomenti chiarificatori.

Appoggiò i gomiti sulla cattedra, mise i pugni sotto il mento, aspettò il diario e scarabocchiò il permesso. Alberto tornò al banco e raccolse le sue cose. Si buttò lo zainetto in spalla di traverso e se ne andò, portandosi appresso un gestaccio di Eros e il segno di OK, con i pollici girati in su, di Piru. Era riuscito a saltare la scuola col consenso della prof. Niente male.

In un battibaleno fu all'ingresso e poi fuori, percorse a grandi falcate il tratto di strada che lo separava dal bar e, quando stava per varcarne la soglia, ebbe un ripensamento e girò i tacchi. Tornò a scuola di corsa, entrò e bussò sul vetro della guardiola del portiere e, fattolo alzare, gli chiese se sapeva dove avessero portato Vasiliç.

«Perché lo vuoi sapere?» grugnì quello sgarbato.

«Lo voglio andare a trovare. Uno di noi deve farlo. Non le pare?»

«Al Maria Adelaide. Al Pronto Soccorso» borbottò l'altro, poco convinto di tanta improvvisa partecipazione.

Alberto non aveva la più pallida idea di dove fosse il Maria Adelaide, tuttavia ringraziò senza ulteriori domande e smanettò sul cellulare per scoprire che si trovava sul Lungo Dora, non troppo lontano quindi, e decise di andare subito.

Al Pronto Soccorso non gli riuscì però di vedere Vasiliç. Un infermiere gli disse che era sotto controllo medico e non era il caso di disturbarlo. Alberto provò a insistere, ma l'infermiere fu irremovibile, anzi si irritò e lo rimbrottò. Lo vedeva o no il casino che c'era... o era cieco, per caso? Lo avrebbero sicuramente ricoverato, ma adesso Alberto doveva lasciarli lavorare e tornare più tardi.

Alla fine ubbidì rassegnato, si ributtò lo zaino in spalla e galoppò fino al bar. Aveva fame e nessuna idea precisa per sgarbugliare la matassa.

Al bar trovò sua madre, intenta a servire caffè e cappuccino, imbronciata e con due occhiaie da far paura come se non avesse dormito tutta notte. Eppure al mattino era perfettamente in sé.

«Che c'è?» le domandò Alberto ancora sovrappensiero, ma sufficientemente vigile per accorgersi che qualcosa non girava come il solito.

«C'è che lo sapevo!» la madre sputò fuori la frase con rabbia, ma a mezza voce per non farsi sentire dai clienti. «Prima o poi quello crollava. Un malore. Un attacco di cuore. Glielo dicevo io che doveva mollare prima di schiattare. Porco diavolo».

Alberto la fissò incredulo.

L'ansia e la pena della donna che gli stava davanti, china sul bancone, con una ciocca di capelli bianchi e scomposti che le ricadeva sulla fronte, senza un filo di trucco, erano così evidenti e strazianti da togliergli la forza di parlare.

Radunò le idee: la madre non aveva fiato neppure per aggredirlo, rinfacciandogli che non aveva mai voluto aiutare il padre come si deve, e nemmeno per chiedergli che diavolo ci faceva lì a quell'ora, invece di stare a scuola.

Era dunque una faccenda grave. Per un attimo pensò che fosse morto.

«Dov'è?» chiese con un fil di voce.

«È mezzo paralizzato. In un letto del Maria Adelaide. Ce l'ha portato il 118 stamattina. Poco dopo che te ne sei andato».

Alberto corse col pensiero al suo vagabondare verso i giardini delle Porte Palatine. Fosse andato diretto a scuola, sarebbe stato più vicino e avrebbe sentito la sirena dell'ambulanza.

E al Maria Adelaide ci era appena stato.

«Vado» esclamò.

«Dove?»

«All'ospedale. E tu chiudi il bar oggi!»

«Ma che, sei matto?» esplose la madre, buttando furiosamente le tazzine e i piattini del caffè nel cestello della lavastoviglie.

«Vado e torno!»

«Che ti prende? Mica puoi fare niente tu! E lui manco ti vuole vedere! Prima dovevi stargli vicino. Prima!»

Ecco, adesso i conti tornavano. Quella era sua madre.

In effetti che smania aveva Alberto di correre da suo padre? Nemmeno lui sapeva perché ci dovesse andare. Ma l'istinto gli diceva così. La sua giornata veniva calamitata da quell'ospedale. Magari avrebbe potuto incontrare anche Vasiliç.

Tutti e due al Maria Adelaide. Che caso strano. E poi si sentiva quasi in colpa. Che se l'era gufata la storia dell'infarto di suo padre. Maledizione! E dire che la prof. non aveva creduto per nulla al malore improvviso e al messaggino sul cellulare, ma domani gliela faceva vedere lui la verità. Le avrebbe portato la foto di suo padre immobilizzato a letto.

Al Maria Adelaide, il padre glielo fecero vedere eccome, a differenza di Vasiliç.

Primo piano, Reparto di Neurologia, in fondo al corridoio, le scale a sinistra, gli disse la tipa del gabbiotto all'entrata che dava informazioni sui degenti. Che chiedesse poi alle infermiere del piano. A queste non parve vero che fosse arrivato un parente a occuparsi di quel catafalco, parcheggiato su una barella nel corridoio. Gli sorrisero e lo mollarono lì di fianco al padre, la cui mole straborda-va pericolosamente dalla barella, quasi a proteggerlo dal passaggio frettoloso di personale vario, camici bianchi, azzurri, verdi. Un andirivieni peggio della domenica pomeriggio in via Roma.

«Non è grave come sembra» gli spiegò dopo un po' un tizio con fare confortante e la mascherina sulla bocca, prevenendo ogni sua domanda. «Una leggera ischemia, che lo ha semi paralizzato. La parte destra. Gli abbiamo somministrato dei farmaci, ma c'è poco da fare, dobbiamo attendere e vedere come evolve la situazione. Piano piano. Poi imposteremo un programma di riabilitazione... Per riprendere piena funzionalità bisogna calcolare un mesetto, forse due, tre...»

Alberto ascoltava il medico con un orecchio solo. Quasi non si accorse che era stato interrotto e richiamato da altre mansioni urgenti. Prima di allontanarsi gli batté una mano sulla spalla e gli promise che avrebbero cercato di sistemarlo in una camera, appena possibile. Alberto rimase lì inebetito. In piedi di fianco alla barella. Quello non gli pareva suo padre, l'omone che quando era piccolo lo afferrava per il colletto e gliele suonava di santa ragione. È vero, lui era una peste, ma come doveva essere un bambino trascurato e disprezzato dal momento in cui aveva zampettato sulle sue gambe e detto le prime parole? Un bambino arrivato per sbaglio, in età già avanzata, quando l'idea era quella di tirare avanti con l'attività qualche anno e poi chiudere i battenti e andare a divertirsi con gli amici a pescare e giocare a carte. Un impiccio, una costrizione, una maledizione che aveva ridotto la moglie a una megera, sempre indaffarata e trascurata in tutto. E lui ripagava tanto astio e indifferenza con piccoli e grandi morsi dati a tradimento nei suoi polpacci quando meno se lo aspettava. Sì, ora ricordava con precisione. Lui lo mordeva, o meglio tentava di morderlo, perché il più delle volte il braccio possente di quel catafalco, che ora giaceva immobile davanti a lui, arrivava ad acciuffarlo prima che potesse avere la sua carne coriacea a portata di denti.

«Papà, mi senti?» gli disse nell'orecchio sinistro.

Il padre non rispose, che la bocca gli andava tutta storta, ma fece cenno di sì.

Quindi capiva, era sveglio. Per lo meno quello. Il cervello non era stato intaccato.

«Sei buffo» disse Alberto afferrandogli la mano.

Il padre parve sorridere con mezza bocca e ammiccare con mezzo occhio.

Alberto non si riconosceva più. Non aveva mai stretto la mano di suo padre con un moto di affetto. Ma che gli prendeva? Eppure un tale senso di smarrimento, di pena, di impotenza, addirittura di vergogna, traspariva da ciò che restava di vitale in quell'uomo grande e grosso che strabordava dalla barella striminzita, in mezzo a tutto quel casino, che Alberto avrebbe voluto prenderlo in braccio, così come era, e portarlo a casa per curarlo meglio.

Il padre chiuse gli occhi, ma non mollò la presa della sua mano.

Alberto era come ipnotizzato dalla situazione. Continuava a fissarlo, cercando di ricacciare indietro i ricordi molesti e di mettere a fuoco l'immediato futuro. Che diavolo avrebbe dovuto fare, che cosa sarebbe successo adesso, come sarebbe cambiata la sua vita? Aveva la testa in una nuvola di pensieri confusi e, chino su quella barella, con l'odore di disinfettante e di medicinali, fu quasi sul punto di svenire.

Vacillò.

Un'infermiera gli passò accanto e se ne accorse.

«Sei pallido come un cencio» disse. «Tieni». E, detto fatto, gli allungò una sedia e lo fece sedere con una spinta dolce sulla spalla.

Alberto borbottò un «Grazie» e la interrogò con lo sguardo.

«Abbiamo trovato posto in una camera a quattro letti. La 21. Lo sistemiamo lì» disse l'infermiera. Si chiamava Carolina. C'era scritto sull'etichetta sul camice.

«Vai a casa, tanto lui non può aiutarti» continuò sorridendo. «Torna con della biancheria, una borsa della toilette, un cambio e vedrai... lo troverai meglio. Vai!»

Alberto fece sì con la testa e ubbidì. Sfilò la mano dalle dita del padre, tirò il fiato e si alzò.

Provò a salutarlo. Ma in assenza di reazione, si chinò sull'orecchio sano e sussurrò: «Torno».

Si allontanò nel corridoio con l'ansia di respirare l'aria di fuori, ma giunto alla porta a vetri che dava sulle scale si ricordò di Vasiliç, scese all'entrata e chiese alla tipa del gabbiotto dove fosse ricoverato Vasiliç Koliacenko.

Quella scartabellò un suo plico fitto di nomi e numeri, alzò la cornetta del citofono e rispose distratta: «Ortopedia. Stanza 8, terzo piano».

Alberto infilò di nuovo le scale e salì di corsa.

Nella stanza 8 c'erano tre letti separati da un paravento.

Entrò guardingo buttando sguardi indagatori sui malati. Vasiliç era l'ultimo verso la finestra. Dormiva, con una guancia gonfia, un braccio fasciato e appeso al collo e un piede tumefatto che spuntava da sotto il lenzuolo. Grosso come un'anguria e bluastro, violaceo di lividi, pareva che gli fosse passata sopra la ruota di un camion. Non resistette a guardarlo a lungo. Intanto doveva tornare con la roba per suo padre. Sarebbe ripassato più tardi. Fece marcia indietro per uscire e si imbatté in Marco, il cinese.

«Dorme!» gli disse Alberto di scatto.

«E non è orario di visite» tuonò alle loro spalle una voce uscita da un camice verde che si apprestava a entrare in camera per cambiare le medicazioni.

«Va bene, torniamo dopo» disse Alberto, e d'imperio diede una spinta a Marco perché si defilasse di lì.

«Cosa sai?» lo interrogò Alberto.

«Niente. Ma conosco Vasiliç da molto tempo. Lui non è del giro».

«Che giro? Droga, armi? Di che giro parli?»

In Ucraina sono sempre in guerra coi russi e di sicuro girano armi, pensò, e poi da quelle parti sono razzisti forte. Però i neri di cui aveva parlato Marco in classe, quelli che discutevano con l'ucraino alle sei del mattino, non commerciano armi. No, non è il loro campo. Alberto tra sé e sé ostentava sicurezza, ma a dire il vero sapeva ben poco di mafie, traffici loschi, contrabbando e gente corrotta; ogni tanto orecchiava qualche battuta al bar tra gli avventori che bazzicavano la zona. Niente di più. Lui era un nullafacente pulito, troppo concentrato sull'infelicità e la pochezza della sua vita quotidiana per aggregarsi a qualche banda della piccola criminalità che allignava nei dintorni di Porta Palazzo. Troppo impegnativo e troppo rischioso.

Alle sue domande indagatrici Marco fece spallucce. I cinesi non sono molto loquaci.

«Allora, sai qualcosa o no?» insistette Alberto.

«So che Vasiliç non c'entra. Uno sbaglio prendersela con lui. Ma non so se posso fidarmi di te» rispose duro Marco. E detto fatto accelerò il passo, si avviò verso l'uscita dell'ospedale come se avesse le rotelle sotto i piedi.

Soltanto i cinesi camminano così, pensò Alberto, e lasciò che sgusciasse via veloce.

Tra una visita e l'altra al Maria Adelaide, il tempo era passato. Gli toccava parlare a sua madre e spedirla a casa a fare una borsa per l'ospedale. Nel frattempo lui l'avrebbe sostituita alla macchina del caffè, poi sarebbe ritornato all'ospedale a portare la roba a suo padre e infine di nuovo al bar ad aiutarla per la chiusura alle dieci.

In vita sua non aveva mai pianificato così tanto lavoro.

E non aveva mai pensato così tanto agli altri.

Forse era stato il suo menefreghismo a renderlo così svogliato e sempre di pessimo umore.

Pensare troppo ai casi propri non fa bene alla salute, si disse Alberto entrando nel bar.

Era scattato qualcosa nella sua testa di cui nemmeno lui si capacitava. Stava trasformandosi in un nuovo Alberto, desideroso di rendersi utile e smanioso di fare.

E la sua inedita baldanza era sorprendentemente contagiosa. Perché come sua madre lo vide gli mollò un mezzo sorriso, poi lo ascoltò e gli sganciò un: «Bravo. Io l'ho sempre detto a quel testone di tuo padre che dentro di te c'è un bravo ragazzo».

Buttata lì la sua sentenza, la madre gli diede una pacca sulle spalle e disse secca: «Vado io a portare la roba a tuo padre al Maria Adelaide. Tu lavora che non hai fatto nulla per sedici anni ed è ora che ti dia una mossa. E non fare casino, che i miei clienti li conosco uno a uno e, uno a uno, domani mi diranno se sei un buono a nulla o che».

Un sorriso sì, un complimento anche, ma in fondo resta sempre una strega, pensò Alberto.

Lui si sentiva per davvero avviato verso un inarrestabile processo di trasformazione, ma non voleva che gli adulti a lui più prossimi gli buttassero addosso troppe manfrine, recriminassero su alcunché o peggio ancora pretendessero impegni e coinvolgimenti in qualche attività da loro sponsorizzata. Lo lasciassero vivere, piuttosto. Che le cose buone voleva farle, ma decidendo lui quando, dove e perché, e non facendosi comandare a bacchetta dagli altri.

Per cui fulminò la madre con uno sguardo duro e le disse: «Vai a farti friggere, tu e i tuoi clienti, uno a uno, che a sentirti parlare così sembri una battona».

Martedì sera rientrò così nei panni dell'Alberto di un tempo.

«Mascalzone» borbottò la madre uscendo.

«Al diavolo» le ringhiò dietro Alberto, azionando la macchina del caffè per i tre che lo volevano, uno lungo, uno ristretto, uno macchiato. Tutti uguali glieli faccio, si disse, così domani lo dicono a mammà!

Quella sera gli toccò farne a decine di caffè, e servì birre e toast e anche grappe e qualche Aperol Spritz con le olive e due patatine, ma la testa continuò a navigare intorno ai fatti suoi.

Il resto della settimana si prospettava incasinatissimo.

Il racconto per la prof. era dannatamente in stallo.

E Fatu dov'era finita?

E Marco a che gioco giocava?

Alle dieci in punto tirò giù la saracinesca del bar, nascose la cassa sotto l'assito del pavimento, chiuse a doppia mandata la porta sul retro e se ne andò a farsi un giro nella Porta Palazzo semideserta. Le tracce del mercato erano quasi completamente sparite, i banchetti smontati stavano addossati contro i piloni della luce, pile di bancali erano ammucchiati ai quattro angoli della piazza, attraversata da qualche anima solitaria con le mani in tasca, qua e là auto posteggiate, un vociare di giovani diretti ai locali del Quadrilatero, due camion dell'Amiat che rumorosamente svuotavano i bidoni zeppi di cartoni e scarti delle verdure, un vecchio che si affannava a ricuperare qualcosa di commestibile, un gruppo di neri sotto i portici con aria equivoca. Spacciatori? Chissà perché stanno sempre così, ritti, la schiena contro il muro, una gamba piegata col piede che stampiglia la sagoma della suola sulla parete. Forse sono in posizione, pronti a scattare, si disse Alberto.

Partì una sirena della polizia. Il gruppo si volatilizzò. Il vecchio riempì veloce la borsa e sgambettò via. Lui restò fermo, impalato. Vide ovunque delle minacce. Spaccio, prostituzione, commercio illegale di organi, sfruttamento di minori, armi, migranti clandestini, terroristi islamici, ubriaconi, violentatori, pirati della strada, ladri...

Una sfilza di azioni criminose gli sfilarono davanti agli occhi.

Ma che diavolo, pensò. È questo che vogliono! Imbottirci la testa di paura e violenza. Dappertutto ci crediamo assediati da malfattori.

Due auto della polizia schizzarono a velocità elevata e a sirene spiegate al centro della piazza. Alberto si scansò un po' e si passò una sorta di carezza sulla fronte per scacciare il pensiero doloroso della sua infanzia. A lui bastavano e avanzavano le paure e la violenza di allora. Negli ultimi due giorni stava ripercorrendo l'intera sua vita. Merda. Adesso gli venivano in mente gli sputi... si rivedeva a sputare per terra, in testa ai passanti dal balconcino della cucina, nella minestra, sui quaderni di scuola, addosso ai compagni... aveva eletto lo sputo e i morsi a simbolo della sua infelicità. Era la sua unica arma per reagire all'indifferenza che lo circondava ed era incorreggibile, irrefrenabile, si acquattava in qualche angolo e saltava fuori all'improvviso, colpendo a caso, ripetutamente, fino a esasperare chiunque avesse a che fare con lui.

A un tratto intravide un'ombra in cui gli parve di riconoscere la sagoma di Marco, che girava l'angolo della piazza, furtivo, di nuovo come telecomandato, rollando sulle sue gambe corte e velocissime.

I ricordi svanirono d'incanto e Alberto si lanciò al suo inseguimento.

Lo pedinò attenendosi alle regole memorizzate dalle serie TV, c'era l'imbarazzo della scelta, da *Criminal Minds* a *Daredevil*, le fonti di ispirazione non mancavano. Due passi di corsa, camminata regolare con aria svagata, del tipo sono qui per caso, sbirciatine dietro l'angolo della via, altra corsa. Il fatto era che Marco sgusciava via dalla sua vista come una lucertola perennemente all'erta, strisciava contro i muri nei meandri delle strade del Baloon, confondendosi con i riflessi dei lampioni e rendendosi quasi invisibile. Stargli dietro era impossibile e Alberto stava per rinunciare alla caccia, quando il cinese gli riapparve davanti agli occhi. Erano finiti in una stradina di selciato che con certezza identificò con quella invasa, di giorno, dai banchi dei rigattieri. Marco era immobile di schiena, nell'atto di suonare un campanello a un portoncino di legno nascosto da un piccolo gazebo ricoperto di vite.

Alberto si sentì più sicuro e fece per avvicinarsi in punta di piedi con la sensazione di aver fatto centro e di essere sul punto di placcarlo prima che venisse inghiottito nella casa, quando gli si profilò accanto la figura gigantesca di un uomo nero come la pece che lo fissava con occhi torvi. Parevano fari abbaglianti, forse per effetto del contrasto con il colore della pelle e con la poca luce nella strada. Alberto non ebbe il tempo di reagire che la voce dell'uomo gli rimbombò nelle orecchie: «Smamma. Chiaro? Non ti voglio intorno a mia figlia!»

Il padre di Fatu? Possibile? E come aveva fatto a riconoscerlo? Era incappato in quell'energumeno un'unica volta. Allontanato da lei davanti alla scuola, bruscamente acciuffato di spalle e spintonato via in mezzo a centinaia di studenti. Era passato un fracco di tempo da quell'episodio e in più adesso era buio, lui portava gli occhiali e aveva i capelli più lunghi.

Forse ha fatto il terzo grado a Fatu e ci ha studiati tutti sulla foto di classe, pensò Alberto irritato. Si appostava davanti a scuola, la seguiva e non la lasciava mai sola? E Marco dove andava? Era casa sua, quella? E anche casa della senegalese?

Per il momento doveva smettere di arzigogolare e dire qualcosa. Non poteva restare lì imbambolato, come un pesce preso all'amo.

«Io non c'entro nulla» gli uscì di bocca quasi senza volerlo. «Andavo da Marco».

«A quest'ora di notte nessuno va a casa di amici» ribatté secco l'uomo.

«Io sì». Alberto provò a essere spavaldo e fece la mossa di suonare un campanello a caso.

«Invece credo proprio di no» fece l'altro coprendogli il citofono con un braccio nerboruto, un sorriso sarcastico sulle labbra. «Sparisci!»

«Non è mica terreno tuo» bofonchiò Alberto. «E nemmeno Fatu è di tua proprietà!» azzardò guardandolo dritto negli occhi. «Se la tieni chiusa in casa le fai solo del male».

Col cuore a mille e sicuro di non poter sostenere una discussione, Alberto girò i tacchi e andò via veloce. Fiero e piacevolmente stupito del suo coraggio, anche se tristemente consapevole di non aver cavato un ragno dal buco. Nemmeno aveva scoperto quale fosse il campanello che Marco aveva suonato. Nell'emozione di trovarsi a tu per tu con il padre di Fatu e nell'urgenza di vincere la paura e ravvisare sotto i suoi modi rudi un atteggiamento non troppo minaccioso, aveva perso di vista il camaleontico cinese. Era entrato o no nel portone? Oppure era filato via, rendendosi al solito trasparente, mentre lui da solo affrontava l'ira del padre della ragazza?

«Va' all'inferno» borbottò nel vuoto. Mandò un gentile pensiero alla Cina e ai suoi enigmatici abitanti e guardò l'ora.

Cacchio. Era l'una. Si riteneva un gran figo ad aver sfidato quell'omone nel cuore della notte, ma l'indomani sarebbe stato morto di stanchezza e non aveva scritto ancora una riga.

Quante battute aveva detto di scrivere la prof.? Almeno settemila.

Come salire in solitaria, nella tempesta, al campo V dell'Everest, che adesso non c'è manco più. Comunque quasi sotto la vetta. Che sogno stare così in alto e dominare il mondo.

Alberto accelerò il passo e rientrò a casa tardissimo. Sua madre di sicuro era andata e già bell'e tornata dall'ospedale, e non lo aveva cercato sul cellulare. Neppure uno squillo, un SMS, un bigliettino. Niente. Nessuna notizia. Forse non era mancanza di amore materno, era soltanto stanchezza abissale, amarezza, tristezza, delusione. Chissà.

Basta pensare. Alberto era sfinito.

Si buttò vestito sul letto e si addormentò come un sasso senza neanche la parvenza di una cena nello stomaco.

Al posto della minestra però c'era in animo una decisione fermissima: il giorno dopo sarebbe andato dal nonno nel vercellese a vedere quel muro. Doveva costruire una storia decente, per la miseria. Se no dove stava il suo orgoglio?

E nel contempo doveva scoprire che cosa fosse successo a Fatu e che fine avesse fatto la sua amica Siri.

Intanto poteva ampiamente approfittare della firma sul diario e della frottola, inventata per scappare da scuola e rivelatasi poi veritiera, e prendersi il tempo per ragionare con calma.

Dopotutto ne aveva ancora un po', di tempo.

Mercoledì

Mise la sveglia alle cinque e la mattina dopo si tirò in piedi pieno di sonno, nel cuore della notte, si vestì in fretta cercando di non fare rumore e decise di prendere un caffè e una brioche al bar della stazione per evitare di incappare in sua madre in cucina. Sapeva che si alzava sempre a ore antelucane, ma solitamente erano le sei e non le cinque. Per questo aveva fatto quella levataccia, per non dover giustificare faccia a faccia con lei la sua decisione: la madre avrebbe sicuramente strepitato all'idea di essere lasciata sola in quelle circostanze, quindi era preferibile scrivere un messaggio stringato su un biglietto e posarlo sul tavolino all'ingresso sotto l'apparecchio telefonico, usato ormai da un anno come ferma carte perché avevano disdettato la linea fissa.

Vado dal nonno e torno per le 15.00. Ti posso sostituire al bar nel pomeriggio.

Bene. Piano perfetto, pensò Alberto. Poi si immaginò che il cellulare avrebbe squillato appena la mamma si fosse svegliata. Già sentiva le sue parole. Che cavolo ti è preso?

Proprio in questi giorni? Con papà in ospedale? È da un secolo che non vedi il nonno! A quel punto gli venne anche in mente che forse il nonno non sapeva niente di suo padre. Era il caso di parlargliene? Ancora una volta si sentì un irresponsabile che andava e veniva a casaccio come gli saltava in mente, senza pensare alle conseguenze dei suoi gesti, un ragazzino capriccioso e inconcludente. Eppure, nonostante queste perplessità non desistette dall'andare a Porta Susa, fare un biglietto sul regionale veloce per Vercelli delle 5.40 e aspettare al terzo binario seduto sulla panchina di ferro. Gelida. Gli raffreddava le chiappe. E niente caffè perché il bar era ancora chiuso.

Si strinse nel giubbotto, incrociò le braccia sul petto per tenersi caldo, poi la testa gli piovve giù e si addormentò.

Fu la mano di un signore alto, col cappello e una borsa sdrucita sottobraccio, a riscuoterlo all'arrivo del treno da Porta Nuova. Alberto, risuscitando da un sonno profondo, reagì come punto da una tarantola, agitando le mani a scacciare un contatto fastidioso, poi si ricompose e accennò un sorriso verso il tizio che gli aveva evitato di perdere il treno, e finalmente dopo un'altra manciata di secondi riconobbe il marito della panettiera di Borgo San Silvestro. Che ci faceva lì a quest'ora?

«La Pina è malata» spiegò l'uomo ad Alberto. «L'hanno ricoverata alle Molinette e non sanno bene di che cosa soffra. Io devo badare al forno. Scendo alla sera, dormo con lei e al mattino riparto. Faccio così da un mesetto e sono stanco morto. E i medici non hanno capito ancora niente».

«Mi dispiace» bofonchiò Alberto.

Quella era la settimana della sfiga, pensò. Intorno a lui non c'era che gente in ospedale. E di colpo gli venne da pensare al nonno e si toccò le palle per scaramanzia. Lo fece con un gesto distratto e poco evidente, che tuttavia il fornaio colse e scoppiò in una risata.

«Eh... non sei cambiato! Cazzuto eri e cazzuto resti» disse. «Tranquillo, tu in ospedale non ci finisci di certo. Vai prima in galera!»

«In c...» borbottò Alberto, e montò sul treno senza più degnarlo di uno sguardo.

Doveva avere una reputazione davvero pessima, se il marito della Pina, appena lo vedeva dopo quattro o cinque anni, lo immaginava con una certa soddisfazione chiuso in una cella del Ferrante Aporti, ovvero la galera dei minori, che gli spettava di diritto ancora per un annetto prima di raggiungere la maggiore età, quando si sarebbero spalancati i cancelli del carcere delle Vallette.

Figo! Una prospettiva davvero allettante da tenere in seria considerazione e soprattutto utile nell'immediato per scacciare dalla mente il giallo di Porta Palazzo da cui stava scappando, perché incapace di mettere ordine in quel pasticcio di botte, di ragazze segregate, pedinamenti e mezze parole buttate lì su tentativi di aggressione.

Ecco, pensò più lucidamente prendendo posto vicino al finestrino e allungando le gambe sul sedile di fronte, tutto deve per forza essere nato da un tentativo di violenza nei confronti di Fatu. Sicuro, questo è stato il motivo scatenante di tutto il casino. Ma se era abbastanza certo di quale fosse l'inizio della faccenda, non riusciva, per quanto si spremesse le meningi, a mettere al posto giusto i tasselli che aveva a disposizione: la fuga di Fatu, gli insulti dell'automobilista, il tipo tarchiato che si allontanava veloce, la scomparsa improvvisa di Siri, il pestaggio di Vasiliç, il gruppo di neri al mercato, l'irruenza del padre di Fatu davanti alla casa col gazebo, le allusioni di Marco...

Di nuovo crollò dal sonno. Non fu svegliato, contrariamente alle sue supposizioni, dalla telefonata di sua madre in collera e alle sette, in perfetto orario, scese alla stazione di Vercelli. L'autobus per Crescentino partiva dopo una buona mezz'ora e da Crescentino a Borgo San Silvestro doveva cercare un passaggio in auto. Forse era stato troppo ottimista sulle tempistiche di andata e ritorno dalla villa del nonno. Per questo gli venne a puntino l'invito del fornaio di montare sul furgoncino che lasciava ogni giorno posteggiato davanti alla stazione.

«Grazie» borbottò Alberto sedendosi di fianco a lui. Voleva aggiungere una battuta del tipo "Sei coraggioso a viaggiare con un avanzo di galera", poi pensò di lasciar perdere. Del resto lui non era per nulla un avanzo di galera. Non aveva mai fatto nulla di male, né rubato, né picchiato, né spacciato, né falsificato documenti, si era limitato a sputare, mordere e più avanti negli anni a fare qualche firma falsa, non studiare un tubo, disturbare in classe, dire fregnacce, irritare gli insegnanti e disdegnare i genitori. Imprese poco eroiche davvero, ma anche poco criminose.

Per cui mollò il suo grazie alla partenza, chiuse il becco tutto il tragitto e mollò un altro grazie all'arrivo.

E basta così.

Scese dal furgoncino in paese, davanti alla bottega del pane, e si avviò a passo svelto sperando che nessuno lo riconoscesse o gli rivolgesse la parola.

Imboccò la stradina, asfaltata soltanto di recente, che conduceva poco fuori dal piccolo centro abitato nella campagna che si distendeva verso le rive del Po. Oltrepassò due cascine corredate di cani abbaianti, galline che becchettavano libere sul battuto di terra, fienili e trattori, e salì sul poggetto su cui si stagliava la villa del nonno con i due tigli enormi.

Suonò il campanello sul cancello e attese parecchio prima che una voce si facesse sentire.

Il nonno viveva da solo, a quanto lui ricordava, quindi la voce doveva essere la sua.

Fu seguita dopo un bel po' dal rumore di passi sulla ghiaia del giardino e poi dallo scorrere di un chiavistello che consentì di aprire uno spiraglio nel pesante cancello di ferro.

«Ciao, nonno» disse Alberto allegro. «Sono io».

«Qual buon vento!» esclamò il nonno stupefatto, ma apparentemente contento di vederlo.

Alberto scostò un po' di più un'anta, entrò e lo abbracciò.

Sì, la sua visita era davvero una bella sorpresa. Inaspettata. Dopo tanto tempo. Che bello! Il nonno non smetteva di commentare il suo stupore di vedersi piombare lì il nipote, senza preavviso, senza un motivo particolare. Era visibilmente emozionato. Alberto lo prese sottobraccio e lo invitò ad andare in cucina a bersi un bel caffè. «È quello che ci vuole» convenne il nonno e finalmente si avviò.

Alberto non dichiarò subito che in realtà un motivo molto particolare c'era eccome, per quella sua comparsa improvvisa. Non voleva deluderlo, né aveva fretta di svelare la faccenda del compito e i suoi pensamenti sui muri della sua esistenza. Aveva piuttosto bisogno di ambientarsi nuovamente in quella casa, di risentirne l'odore di vecchio, misto a quello di cera stantia sui mobili e sui mancorrenti delle scale, di fiutare la polvere che si sollevava dai tappeti su cui nessuno da mesi, o forse da anni, passava un aspirapolvere, di aprire e chiudere i mobili della cucina, di legno spesso, scurito negli anni, per scoprire se i piatti di ceramica a fiori e i bicchieri spaiati esistevano sempre. E poi doveva festeggiare Spruzzo, il cagnone che era arrivato cucciolo quando lui aveva lasciato quella casa tanti anni prima. Un incrocio tra uno spinone e una lupacchiotta a pelo lungo, non più di razza pura da diverse generazioni. Spruzzo era un nome che gli si addiceva perfettamente. Non aveva un pelo che andasse nella stessa direzione, come se un getto d'acqua lo avesse colpito all'improvviso scompigliandolo tutto. Era buffo e affettuoso.

Il nonno e Alberto si studiarono a vicenda per un po'.

Nessuno dei due parlò molto.

Il nonno era invecchiato. Le rughe intorno agli occhi erano scavate, gli occhiali erano più spessi e anche il portamento era meno ritto, meno autoritario. Il caffè corretto con un goccetto di acquavite di prugne, di quella buona fatta in casa, gli sciolse un po' la lingua, così prese a raccontare che aveva sistemato la sua camera da letto nel vecchio studiolo al pianterreno, per evitare di dover fare in continuazione le scale. Una parte del mobilio era dunque salito al piano di sopra per far posto a un letto massiccio con la testiera in legno e i comodini con l'alzata che occupava tutta la stanza. Alberto ascoltò attento e disse che era stata un buona scelta, ma buttando un occhio in giro gli parve di toccare con mano il senso di solitudine e abbandono che aleggiava nella casa. Persiane chiuse, tende grigiastre polverose quanto i tappeti, in cucina due piatti e due bicchieri in croce nello scolapiatti, in sala i pizzi sugli schienali del divano e delle poltrone stropicciati, in parte scuciti e non più bianchi.

«Nonno, ma non c'è nessuno che ti dà una mano?» proruppe sincero alla fine delle sue elucubrazioni.

«Nessuno» confermò lui scrollando leggermente le spalle, rassegnato.

Di colpo Alberto si vide schiacciato da una serie di incombenze di cui mai avrebbe pensato di doversi far carico: il padre in ospedale, la madre da sola al bar, il nonno trascurato e malinconico a San Silvestro, Vasiliç privo di ogni autonomia di movimento, e in più un racconto da scrivere per la sua salvezza scolastica e per coltivare la speranza di avvicinare Fatu.

Tutto piovutogli addosso in soli tre giorni.

Ma che cosa aveva fatto nella restante parte della sua vita?

Non pensare troppo, agisci, gli disse la voce interna che aveva preso a guidarlo.

«Nonno, andiamo in giardino. Sono venuto per il muro!»

«Per il muro? Che significa per il muro?»

«Significa che devo vederlo... poi ti spiego» tagliò corto Alberto alzandosi e porgendo la mano al nonno perché facesse altrettanto. Il vecchio sospirò con aria rassegnata e borbottò un «Come vuoi tu», si rizzò a fatica, andò all'entrata, staccò dall'attaccapanni la giacca di velluto, calzò il cappello, prese il bastone e uscì, seguito da Alberto.

«Il muro è sempre lì, come vedi» disse, percorsi pochi metri in giardino. «Un po' più usato, direi, invecchiato. Come me. Con la muffa e il muschio. Però sempre solido e impenetrabile. La rovina della mia esistenza. La perdita di ogni interesse per questo posto. Una barriera, un insulto che si ripete ogni giorno. Infatti non esco quasi più».

Alberto non fece commenti e andò a tastarlo con le mani, insinuandosi tra i cespugli al di là dei tronchi maestosi dei due tigli giganti. Trasudava umidità. In parte era di cemento e in parte di mattoni, ricoperto da un insieme vario e scomposto di edere rampicanti e a tratti di muschio. Chissà chi l'aveva progettato in modo così singolare: cemento e mattoni alternati, anche l'altezza mutava, era un muro a scalini. Forse voleva essere una geniale opera di architettura moderna: il risultato era una bruttura che neppure la vegetazione riusciva a mascherare.

«Allora, perché d'improvviso ti interessa il mio muro?» chiese il nonno appoggiandosi con entrambe le mani al bastone.

«Perché devo ispirarmi».

«Ispirarti? Per cosa? Continuo a non capire».

«Devo scrivere un racconto che prende spunto dalla parola *muro*».

Il nonno scoppiò a ridere.

«Che c'è da ridere?» si irritò Alberto. L'idillio finì di colpo. Il nonno non capiva un accidenti. Peggio di sua madre. Quando lui diceva qualcosa sul serio, gli altri lo prendevano subito in giro.

«Tu scrivere?» incalzò il nonno. «Da dove salta fuori questa storia?»

«Salta fuori da dove salta fuori» disse Alberto duro. «Tu sai qualcosa a proposito dei vari muri sparsi per la terra? O sai soltanto ridere di me?»

«Calma, giovanotto» reagì prontamente il vecchio riprendendo piano a camminare verso casa. «Arrivi qui senza preavviso. Dopo anni che non ti fai vivo, in cui io manco so se esisti o meno. Tua madre mi dice che a scuola vai malissimo, che sei uno sfaccendato senza speranza e adesso vuoi che ti faccia il compitino? Certo che so un sacco di cose a proposito di muri. Ti potrei parlare per ore...»

«Allora fallo, per favore».

Il tono di Alberto era così supplichevole, il suo sguardo così mite, che il nonno lasciò cadere la polemica e gli sorrise.

«Va bene» acconsentì, «sediamoci sulla panchina in giardino e ti racconto quello che mi viene in mente».

«Perfetto!» Alberto lo prese sottobraccio e lo accompagnò a sedere. Poi ubbidì svelto al suo ordine di entrare in casa a prendere carta e penna. Quel blocchetto di fogli posato in cucina sul piano della credenza. Servivano per prendere appunti. Una volta sistemati entrambi fianco a fianco, il nonno trasse un lungo sospiro, quasi dovesse riportare a galla la memoria dal più profondo degli abissi. Si schiarì la voce, raccolse il bastone che gli era caduto in terra, si levò il cappello, pulì gli occhiali nella fodera della giacca e, terminato il lungo cerimoniale, finalmente iniziò a parlare. Parlò come un mulino a vento per quasi un'ora, interrompendosi solo ogni tanto per verificare se Alberto stesse effettivamente ascoltando e prendendo appunti. Spaziò, incurante di un ordine cronologico o geografico, dalla seconda guerra mondiale e dal Muro di Berlino alla Grande Muraglia cinese e ai mongoli (i primi muri che erano venuti in mente anche a lui, gongolò Alberto con un pizzico di intellettuale soddisfazione), vagò poi tra le mura di Samarcanda che aveva visitato durante un congresso dei bei tempi andati del suo lavoro e quelle di Lucca, la sua città prediletta, andò nel deserto tra la Mauritania e l'Algeria dove un muro costringe un intero popolo a non vedere più l'Oceano, da lì attraversò lo stretto di Gibilterra e si diresse verso l'Alhambra a Granada che l'aveva impressionato per la sua maestosità, si commosse pensando al Muro del Pianto a Gerusalemme e si indignò sul muro di Gaza, parlò della Somalia e del Kenya e dei gruppi di terroristi dai nomi impronunciabili e da cui bisogna difendersi, e ancora, inarrestabile, arrivò agli Stati Uniti al confine con il Messico, parlò dei muri di filo spinato nei campi profughi, dei cavalli di Frisia a Mosca, dei campi di concentramento, delle muraglie di acqua degli tsunami, delle falesie che sono muri di roccia verticali e dei muri artificiali di vetro e cemento dei moderni grattacieli, e alla fine gli prese la mano e gli disse: «Materia ne hai, adesso. Buona fortuna, ragazzo mio» e si alzò dalla panchina.

Appoggiato al bastone, vacillò un attimo. Alberto, ancora stonato dalle tante parole che aveva stentato a fissare sulla carta, si alzò a ruota e gli diede il braccio per sostenerlo.

Il nonno lo ringraziò, poi levando dritto il bastone davanti a sé indicò il muro che gli aveva rovinato l'esistenza e disse scandendo bene le parole: «Mia nipote Marina si è fatta viva diverse volte. Quando è mancata sua sorella Luisa le due case costruite di là sono diventate entrambe sue, e ora lei vorrebbe tirare giù il muro. Ma io non le ho mai dato retta. Non si cancella così una ferita durata tanti anni».

«Soltanto cinque anni, nonno» corresse Alberto dolcemente. «Sei, al massimo. Io ne avevo dodici quando non facevate altro che discutere di questo muro maledetto».

Il vecchio non fece commenti alla sua precisazione e si avviò verso casa. Sulla porta si fermò, disse che era stanco e lo congedò. Che si aprisse da solo il cancello e soprattutto che tornasse a trovarlo prima dello scadere dei prossimi cinque anni, possibilmente col racconto scritto. A lui sarebbe piaciuto molto leggerlo.

«D'accordo. Grazie» disse Alberto leggermente impacciato, perché avrebbe voluto abbracciarlo. Restò però indeciso e perdette l'attimo, perché in quel preciso istante suonò il cellulare.

Guardò il display. Sua madre. Respirò a fondo e rispose.

Disse che stava per tornare a Torino e ascoltò le sue richieste. Doveva andare direttamente in ospedale, suo padre era nella camera 21 al primo piano. Al bar se la vedeva lei.

Alberto acconsentì. E non diede nulla a intendere al nonno.

Gli mandò un bacio con la mano e se ne andò di corsa.

Rientrare velocemente in città non era semplice, ma la fortuna gli arrise di nuovo, trovò facilmente due passaggi in auto fino a Vercelli e subito saltò su un regionale per Torino. Alle quattro in punto del pomeriggio varcava la soglia dell'ospedale Maria Adelaide.

Non era ancora l'orario di visita, ma la strada per il primo piano già la conosceva, quindi si intrufolò deciso su per le scale, quasi fosse un inserviente in ritardo per prendere servizio, e nessuno gli disse nulla.

Il padre dormiva a faccia in su, nella stessa posizione in cui l'aveva lasciato il giorno prima sulla barella. Pareva che si fosse già scavato la bara in quel letto: abbandonato, con la testa leggermente reclinata all'indietro, la bocca storta e semichiusa, un leggero russare, le braccia immobili, una mano riversa verso l'alto, visibilmente inservibile, e l'altra accartocciata come se l'avesse mossa in una richiesta inascoltata di farsi dare qualcosa... insomma pareva più morto che vivo.

Alberto avvicinò una sedia di metallo al letto e si sedette.

Appoggiò i gomiti sulle ginocchia e si prese la testa tra le mani. Non era per nulla sicuro di riuscire a cavarsela in quella situazione. Aveva sì e no quarantotto ore per trasformarsi in un bravo ragazzo. Un ragazzo che va a trovare suo padre e lo aiuta a riprendere l'uso della mano e della gamba, anzi lo aiuta in tutto, perché se mai lo rimanderanno a casa "Come faremo?" si domandò alzando la testa e notando nel padre un leggero movimento del capo. Teneva gli occhi socchiusi e contraeva la fronte mettendo in evidenza i solchi profondi delle rughe. Forse stava facendo un brutto sogno o forse era attraversato da un sprazzo di lucidità, una presa di coscienza improvvisa dello stato in cui si trovava. E poi, pensò Alberto, bisognava salvare il bar dalla catastrofe, perché senza due braccia forti non poteva reggere. La madre da sola non poteva certo fare tutto. E ancora, lui doveva conquistarsi la promozione e cercare Fatu. Anzi avrebbe dovuto cominciare dal fondo per avere la forza di fare tutto il resto. Prima scovare Fatu, parlarle, dichiararle il suo amore e di lì caricarsi di energia per scrivere la storia, andare al bar, aiutare suo padre e Vasiliç...

Oddio, stava dimenticandosi di Vasiliç.

Si alzò di scatto, avanzò di un metro, afferrò la mano inerte del padre, si chinò a dargli un bacio sulla fronte e gli sussurrò in un orecchio: «Faccio un giro e torno».

Il padre aprì un occhio e abbozzò un sorriso.

Aveva abbozzato un sorriso! Incredibile. Alberto si allontanò, senza soffermarsi sulla sua emozione e andò dritto filato nella camera del suo compagno, al terzo piano. Stanza 8. Quella era la camera di Vasiliç, ne era sicurissimo, eppure la trovò occupata da altri malati. Chiese a destra e a manca dove l'avessero portato, ma gli infermieri del turno non sapevano nulla, il posto letto era stata liberato in mattinata. Alberto doveva chiedere alla caposala. Insomma tra un rifiuto, un'occhiataccia, un "Non abbiamo tempo da perdere", finalmente al gabbiotto dell'informazione al pianterreno riuscì a ottenere l'indicazione giusta: camera

28 al primo piano, Reparto di Riabilitazione Funzionale. Mannaggia, era vicinissimo a suo padre. Tornò giù e percorse il lungo corridoio quasi di corsa, varcando la porta a vetri che separava i due reparti. Davanti alla camera 28 trovò Marco, in attesa del permesso di entrare.

«Come mai qui?» gli chiese di getto Alberto.

«Io o lui?» fece Marco senza scomporsi.

«Be'... prima lui».

Così Alberto venne a scoprire che Vasiliç quella mattina, presto, aveva tentato di alzarsi e filarsela dall'ospedale, aveva afferrato la stampella del malato vicino a lui e, trascinandosi col braccio al collo e il piede gonfio, era sceso con l'ascensore al pianterreno e stava infilando la porta di uscita, quando era andato a scontrarsi con un signore in carrozzella, che senza volerlo lo aveva fatto inciampare e cadere lungo disteso. Conclusione: slogatura della caviglia.

«Quella del piede rovinato?» domandò Alberto, incerto se trovare il tutto divertente o puramente catastrofico.

«L'altra» disse Marco senza batter ciglio. «Ci è crollato sopra con tutto il peso, per colpa del tentativo maldestro di salvare il braccio da una botta contro il pavimento».

In definitiva Vasiliç era stato riacciuffato dolorante, gli avevano bendato stretta la caviglia e l'avevano spostato in quella camera, dove era piantonato da un militare perché il suo tentativo di fuga era stato assunto dalla direzione dell'ospedale come un'ammissione di colpa nel misfatto che aveva comportato le botte che si era preso.

«Tentativo maldestro...» borbottò Alberto pensando che Marco fosse molto più adatto di lui a scrivere racconti. Poi aggiunse: «Stento a crederti. Misfatto? Quale misfatto? Mi pare tutto assurdo. Quanto meno misterioso. E dov'è il piantone?»

«Credimi pure» gli disse Marco aggiustandosi gli occhiali spessi sul naso. «Girati e guardalo lì. Comunque Vasiliç non è uno che si arrende facilmente».

«Si arrende a chi?». Alberto volse lo sguardo alla fila di sedie allineate in corridoio e vide un militare seduto con aria annoiata. Continuava però a non capire. Vasiliç era stato pestato duro per aver scatenato le ire di qualcuno che non si sapeva chi fosse, era finito in ospedale, aveva tentato di darsela a gambe perché era stato considerato colpevole di un qualcosa, che di nuovo nessuno sapeva che cosa fosse, ma che aveva comportato una denuncia e un fermo della questura. E come ciliegina sulla torta si era fatto ancora più male.

«Neanche la peggiore delle serie TV poliziesche ha un intrigo così stupido» proruppe dopo quelle conclusioni riassuntive.

Intanto la porta della camera si aprì e un infermiere occhialuto li fece entrare.

Alberto si tenne un po' in disparte, abbozzando un sorriso all'altro paziente, mentre Marco si avvicinò spedito al letto di Vasiliç. Aveva con sé un pacchetto con due mele, una bottiglietta d'acqua e un pezzo di focaccia. Borbottò a mezza voce che non era riuscito a rimediare nient'altro, posò il tutto sul tavolino da notte, gli porse veloce un borsello e lo aiutò a riporlo sotto il cuscino, poi lo salutò, scosse la testa come a rimproverarlo della sua dabbenaggine, gli diede un buffetto e dichiarò che aveva fretta di tornare a casa e che lo lasciava in buona compagnia.

«Se hai bisogno di qualcosa chiedi a lui» disse facendo un cenno verso Alberto con le labbra strette come era solito fare quando diceva qualcosa di molto serio. Si tolse gli occhiali e li pulì con un lembo del lenzuolo e uscì.

Alberto guardò l'orologio. Un quarto alle sette. Non aveva molto tempo.

Vasiliç fece per tirarsi un po' su. La sua mole lo sostenne, ma aveva davvero pochi punti di appoggio. Puntò il gomito del braccio sano sul materasso, si appese alla maniglia che ondeggiava davanti al suo naso e indietreggiò di mezzo centimetro. Alberto lo fissava impotente.

«Prendilo sotto l'ascella e aiutalo» gli disse il vicino di letto.

Alberto ubbidì e riuscì a metterlo seduto più dritto.

«Da dove arrivi?» gli chiese Vasiliç.

«Dalla ricerca di uno straccio di idea per quella rompipalle della prof. di Lettere».

«Già, il racconto» bofonchiò l'altro con un sospiro.

«Tu adesso come fai?»

«Cosa vuoi che faccia? Guarda come sono conciato, e devo fare i conti pure con quel fottuto là fuori!»

«Ma cosa vogliono? Di che cosa ti accusano?»

«Il mondo è pazzo. Pazzo da legare. E sono tutti una manica di bastardi».

«Tutti chi?»

«I poliziotti, i militari, la Preside, tutti. Un branco di idioti! E quella stupida di Fatu che va in giro come una regina... che nessuno mi parli, che nessuno mi sfiori e intanto se la mangiano tutti con gli occhi...»

Alberto ebbe un fremito a sentirla nominare. Si trattenne però dal reagire. Lui non riusciva proprio a vedere Fatu sotto l'aspetto di ragazza fatale e altezzosa che calamita gli sguardi degli uomini e provò da un lato una fitta di gelosia e dall'altro un senso di orgoglio, quasi si sentisse in dovere di salvaguardare l'immagine ideale che si era fatto di lei. Aveva ragione, lui, Alberto, non questo energumeno rozzo e ferito che la accusava di attirare le attenzioni e sentirsi superiore agli altri.

E quindi che cosa era successo veramente?

«Qualcuno le ha fatto del male?» chiese timidamente Alberto con un fil di voce perché temeva una risposta affermativa. Se era stata aggredita per strada, questo spiegava tutto. Ripercorse velocemente nella sua testa la scena in cui Fatu scappava nei vicoli dietro alle Porte Palatine, l'automobilista lanciava ingiurie e quel tipo grande e grosso correva via.

Vasiliç l'aveva difesa dal tipo? O al contrario era lui il colpevole? Era stato lui a importunarla e il tipo l'aveva denunciato ai senegalesi che gliele avevano date di santa ragione? Era questo il misfatto a cui alludeva Marco, per questo aveva provato a fuggire e adesso era piantonato in ospedale?

Alberto era arrabbiato, no di più, era inferocito, gli avrebbe fatto un occhio nero e rotto il braccio sano se avesse potuto. Pur di sapere la verità. Infatti una delle due ipotesi doveva essere quella giusta.

Alberto si ritrasse dal letto, scostò la sedia di scatto e fece gli occhi brutti.

Ma Vasiliç non rispose alla sua domanda e non vide la sua faccia adirata, perché era intento a cercare il borsello che aveva piazzato con l'aiuto di Marco sotto la pila dei cuscini. Stava tutto sghembo sul letto, rivolto verso la finestra per non farsi notare dal militare che ogni due per due si alzava stancamente dalla sua sedia, faceva cinque passi contati e metteva la testa dentro nella camera a curiosare che cosa mai andasse dicendo e facendo il suo sorvegliato speciale. Lo aprì con difficoltà, armeggiando col braccio e la mano sana, frugò nervoso e ne estrasse una chiave. A bassa voce richiamò Alberto, che era sul punto di uscire, gli fece cenno di avvicinarsi e gliela mise in mano.

«Vai a prendermi qualcosa per cambiarmi. Per favore. Sul portachiavi c'è l'indirizzo. Se non trovi l'appartamento, al primo piano, chiedi di Regina. Abita alla porta a fianco della mia. E torna domani. Se puoi...»

Alberto rigirò la chiave tra le mani, in silenzio, travolto dalla curiosità. Via Borgo Dora 6. Che fosse lo stesso indirizzo dove aveva sorpreso il cinese? Marco aveva consegnato il borsello a Vasiliç, dunque la sera prima doveva averla lui la chiave, ma il portoncino d'ingresso dello stabile era chiuso e lui non era potuto entrare nell'appartamento... era così la storia? Sbuffò impaziente. Non era entusiasta di immischiarsi troppo.

Vasiliç continuava a fissarlo con espressione supplichevole e gli rifece la richiesta. Alberto cedette e acconsentì. Il giallo era fitto e a lui bruciava che l'ucraino avesse nominato e fatto apprezzamenti su Fatu, ma forse era tutto un equivoco, Vasiliç non aveva fatto nulla di male e l'avevano preso in mezzo per scaricargli addosso la colpa del "misfatto" a cui aveva accennato Marco. In ogni caso adesso si infilò la chiave in tasca, facendo bene attenzione che il militare non vedesse, poi salutò a voce alta il suo compagno, promettendogli, con un moto improvviso di generosità scaturita da un leggero senso di colpa per i sospetti poco lusinghieri nei suoi confronti, che, se mai ne fosse stato capace, avrebbe scritto una storia per la prof. e l'avrebbe firmata anche per lui.

«Davvero? Dici sul serio? Sei un amico» gli disse Vasiliç e posò il capo stremato sui cuscini. Quella giornata era stata uno strazio per lui e si sentiva a pezzi.

Alberto gli mollò un sorriso incerto e uscì dalla camera. Fece un cenno di saluto al piantone e varcò la soglia del Reparto di Neurologia per andare da suo padre.

Questi si era svegliato e stava cenando imboccato da un'inserviente con una coda di cavallo lunghissima.

«Come va?» chiese Alberto a corto di parole.

«Puoi farlo tu?» gli domandò di rimando la donna mettendogli il cucchiaio in mano.

Alberto si avviò così a chiudere la terza giornata di quella settimana decisiva per l'esito del suo anno scolastico imboccando suo padre. Prima la minestrina, poi la purea di patate col certosino e infine le mele cotte.

Il padre lo lasciò fare, senza ribellarsi e irritarsi della sua inesperienza in materia di assistenza a vecchi malati mezzi paralizzati. In effetti non si capiva chi dei due fosse più meravigliato del fatto che una situazione del genere potesse essersi prodotta.

Eppure Alberto lo imboccò fino alla fine, acquisendo via via una maggiore dimestichezza nel manovrare le posate ed evitando che suo padre si sbrodolasse orrendamente, e il padre alla fine lo ringraziò e lo congedò borbottando, con la mezza bocca che rispondeva ai suoi comandi, che andasse ad aiutare sua madre al bar. Alberto glielo promise, gli augurò la buonanotte e se ne andò, frastornato e leggermente disgustato dell'odore di disinfettanti, di cibo e di malattia che aleggiava nei corridoi dell'ospedale.

Non andò però direttamente al bar.

Aveva bisogno di camminare, di prender tempo prima di mettersi al lavoro, e soprattutto voleva cercare la casa di Vasiliç.

Si rese conto che così avrebbe disatteso la promessa fatta al padre. Non del tutto, però. Ne rimandava unicamente i tempi. Tirò fuori dalla tasca il cellulare e scrisse un messaggio di scuse a sua madre, dicendole di pazientare e che lui alle otto in punto sarebbe arrivato.

Lei gli ripose prontamente di non preoccuparsi: non era più al bar, nel frattempo era andata in ospedale da papà e già sapeva che lui era stato lì a imboccarlo. Il bar era chiuso, gli ricordò poi in un secondo SMS. Era mercoledì e Alberto aveva la testa nelle nuvole, perché il mercoledì il bar chiudeva alle sei di pomeriggio. Se lo era scordato? Lo incalzava con altri messaggi. Della smemoratezza di suo padre non si stupiva, dato lo stato in cui si trovava, ma lui era un'altra faccenda!

Caustica come sempre, pensò Alberto, e cancellò la sfilza di SMS. «Merda» concluse poi a voce alta. Tanto affanno per niente.

In definitiva però gli andava di lusso. Poteva andare alla ricerca della casa di Vasiliç con calma.

Rilesse l'indirizzo sul portachiavi. Scritto piccolo piccolo. Aprì Google Maps sul cellulare e lo digitò: Via Borgo Dora 6. Si aprì sul display un dedalo di viuzze strette dietro il Cottolengo, che confluivano tutte al centro sulla piazza. Quando, seguendo le indicazioni, arrivò nella via, fu sicuro che fosse la stessa dove aveva pedinato Marco la notte prima. La stessa identica stradina di selciato. Nessun dubbio. Selciato, portoncini di legno e il gazebo ricoperto di vite dietro il quale si era infilato il cinese.

Adesso era sera e non notte fonda e c'era più movimento: sotto il gazebo vide diversi tavolini con degli uomini vocianti che giocavano a carte e bevevano, serviti da un piccolo caffè che ieri al buio non aveva notato, probabilmente perché a quell'ora di notte era chiuso. Alberto fu colto da un moto d'ansia all'idea di incontrare di nuovo il padre di Fatu, quasi sentì il peso della sua manona sulla spalla e fu tentato di scappar via. Poi si trattenne e passò oltre veloce, evitando di proposito di incrociare lo sguardo degli uomini seduti a giocare. Alcuni di loro erano neri come il carbone, ma lui non poté con certezza riconoscere se tra essi ci fosse o meno il padre di Fatu. Lo attraversò il pensiero che gli uomini di colore si somigliassero tutti. Che idiozia! Lui era davvero poco fisionomista e adesso non aveva avuto modo di osservarli con attenzione.

Dovette però ritornare sui suoi passi perché il numero 6 era proprio di fianco al piccolo bar e quindi era anch'esso seminascosto dietro il gazebo. Era esattamente quello dove Marco la sera prima aveva suonato un campanello. Per sua fortuna il portoncino era spalancato, e lui si intrufolò di corsa su per le scale senza porsi altri quesiti.

La scala di pietra, ripida e semibuia, sfociava a ogni piano su un ballatoio. Lui si fermò al primo, gli parve di ricordare che fosse quella l'indicazione di Vasiliç, ma doveva girare a destra o sinistra? Il ballatoio faceva il giro del cortile e su di esso si affacciavano tutti gli appartamenti, ma i confini tra loro erano determinati da cancelli di ferro che ostacolavano il passo a chi avesse voluto percorrerlo tutto. Probabilmente dalla strada c'erano altre scale di accesso. Ora però era un esercizio inutile chiedersi come era stata congeniata la divisione in unità abitative di quel caseggiato, ora Alberto doveva capire qual era la porta giusta. Rimase lì interdetto per qualche secondo, quando dalla prima porta a destra uscì un donnone: carnagione scura, due labbra disegnate pesantemente col rossetto e un foulard stretto sulla testa.

«Sei tu Regina?» le chiese Alberto.

«Sì, che vuoi?» rispose quella sgarbata.

«Sono un amico di Vasiliç, l'ucraino» disse Alberto.

«L'ucraino! Senti, senti. Quello di nazionalità ne ha almeno cinque o sei. Adesso si spaccia per ucraino. Buono a sapersi».

«Ucraino o no, sai dirmi qual è casa sua?»

«Lui non ce l'ha una casa. Lui ogni sera dorme su un divano che qualcuno butta via. Qui in questo cortile. Il cortile è casa sua!» La donna si mise a ridere e, appoggiando la grossa pancia alla ringhiera, si affacciò e vagò con lo sguardo in lungo e in largo, come se dovesse trovare là per terra il letto e le cose di Vasiliç.

«Non ti credo» azzardò Alberto. «Io ho la chiave. E le chiavi aprono le porte».

«Fammi passare, che ho fretta. Quello è un matto. Un pezzo da galera! Pakistani, afghani, rumeni, sono tutti ladri e malfattori e vengono a incasinare la vita nostra, di povera gente onesta». La donna sbraitò qualche insulto, e si fece largo con i suoi braccioni muscolosi, oltrepassando Alberto. Poi di scatto si girò e gli lanciò tra i piedi un sacchetto di banane, come se buttasse un osso a un cane: «Mettilo dentro. Terza porta, a destra. In genere sta lì. Ha fatto carriera dal cortile al primo piano! Ma adesso non si sa dove sia finito e la stanza è occupata da due moldavi. Un vero porcaio!»

Alberto raccolse le banane. «Gabbia di squilibrati, altro che *melting pot*. La prof. dovrebbe venire a curiosare da queste parti. Bella convivenza felice!» borbottò e, spostatosi davanti alla porta indicatagli dalla donna, si mise a trafficare con la chiave.

Infila, gira, rigira, sfila, tira, solleva, molla... finalmente aprì e si trovò di fronte in effetti un discreto porcile: vestiti buttati in terra, sacchi del pattume strapieni, il lavello col rubinetto gocciolante, piatti sporchi accumulati sulla tavola, insieme a del cibo avanzato, davvero poco invitante, e tre letti sfatti. Un'unica finestra con le persiane impolverate semi accostate.

E una pungente puzza di rancido.

Alberto spalancò la finestra per cambiare l'aria e notò in un angolo un mucchio di roba più ordinato: alcuni maglioni, delle scarpe, dei quaderni, tre libri, un baschetto, una racchetta da tennis, una coperta, degli asciugamani e un biglietto con scritto in modo chiaro con una grafia tonda e leggermente infantile: *Proprietà esclusiva di Vasiliç Koliacenko. Siete pregati di non toccare.*

Mentre si chinava a frugare per trovare un cambio di vestiario possibile, come Vasiliç gli aveva chiesto, Alberto sentì la voce metallica di Marco.

«Ah, sei venuto tu. Bravo».

«Ehi, fermati!» gli urlò dietro Alberto perché quell'altro stava già andandosene.

«Vuoi dirmi una buona volta che cosa sai di tutta la faccenda? E chi è Vasiliç?»

Marco si fermò, al solito si riassestò gli occhiali sul naso e lo guardò.

«Dai. Smettila di fare il sospettoso. Di me ti puoi fidare» venne da dire ad Alberto.

«Sì, credo di sì» bofonchiò Marco.

Rientrò nella camera, si chiuse la porta alle spalle e gli disse: «Vasiliç è un bravo diavolo. Per arrivare in Italia ha penato parecchio. Anzi, un sacco. E non lo racconta volentieri. È stato in galera in Moldavia, perché mettevano in galera tutti quelli senza documenti e a lui i documenti glieli avevano fregati dei ragazzi pakistani più disperati di lui. Dalla galera è scappato a piedi ed è finito in Romania, dove nessuno lo voleva. Vasiliç però è testardo e si è messo a lavorare in campagna e così è sopravissuto, ha messo da parte due soldi e alla prima occasione è saltato su un camion diretto in Italia. Naturalizzato rumeno, cittadino europeo, neppure clandestino. È solo, ma ha le carte in regola».

«Allora perché l'hanno pestato?»

«C'entra con l'aggressione di Fatu...»

Avevo ragione, pensò Alberto. Il nocciolo della questione è lì. Almeno una cosa è assodata.

Si guardò bene dal dichiarare di aver assistito a una scena sospetta, quella famosa mattina, e chiese: «Ma quindi chi è stato ad aggredirla?»

«Un bastardo».

«Wow, tutto chiaro...»

«Lui lo ha visto».

«Ah... quindi l'hanno picchiato perché stesse zitto?»

«Già...»

«E Siri? Ha visto anche lei?»

«Può darsi... e poi tra senegalesi e quelli dell'Est non corrono rapporti di cordiale amicizia».

«Cordiale amicizia... come quell'altra... il tentativo maldestro». Alberto rise. «Sei un letterato, Marco. Me lo scrivi tu il racconto?»

Marco lo fulminò con uno sguardo di disprezzo, pizzicato dietro le sue lenti perennemente offuscate.

«Tranquillo» disse Alberto. «Davvero, sei un grande. Volevo farti un complimento. Parli benissimo e insieme possiamo scagionare Vasiliç e venire a capo di questo casino. Già, pestato perché stia zitto, d'accordo, ma denunciato da chi?»

Marco continuò a fissarlo muto. Però non si mosse.

Alberto si morse le labbra. Che diavolo gli era venuto in mente di prenderlo in giro. Quello gli aveva dato fiducia, cosa non da poco per un cinese riservato come lui, e lui lo ricompensava ridendo. Rideva di un ragazzo con gli occhiali, che monta banchetti di aglio e cipolle all'alba, risolve i problemi di matematica alla velocità della luce, parla italiano in modo sciolto e appropriato, nonché ovviamente il cinese, e disegna fumetti da Dio. Che idiota! Ma le sue risposte stringate, monosillabiche, lo avevano fatto scattare. Già, forse, sì, può essere. Le cose o le sai o non le sai! Cavolo!

«Denunciato da chi vuole toglierselo dai piedi» disse Marco troncando le sue riflessioni. «Adesso sai già abbastanza per capire da solo. E cerca di non fare cazzate, se no noi sappiamo come farti il vuoto intorno».

Marco si tolse gli occhiali, li strofinò nella camicia bianca, se li posizionò sul naso, aprì la porta e filò via, senza più degnarlo di un saluto.

Lasciò Alberto in braghe di tela. La prima cosa che lo preoccupò fu quel "noi". "Noi", sottinteso "cinesi", aveva chiaramente detto Marco. Il vuoto intorno!? Come se lui avesse mai avuto un pieno intorno! Oddio, anche da quelli doveva guardarsi adesso. Ma poi perché mai? In che cosa poteva suscitare le ire di Marco e dei suoi amici? E qui arrivava la seconda preoccupazione. Quel "saperne abbastanza". Lui non ne sapeva un bel niente, altro che abbastanza. Quello che gli risultava certo è che non poteva mettersi contro Marco, era l'unico aggancio solido per trovare il bandolo della matassa, anche se per intanto lo aveva mollato lì senza fornirgli la più pallida idea di come proteggere Vasiliç dalle accuse che gli pendevano sulla testa. Forse l'intento di Marco era fare in modo di non dover essere lui in prima persona a occuparsi di Vasiliç: stava istruendo per bene Alberto perché prendesse il suo posto.

C'era da impazzire a venirne a capo, tra le mezze parole e le allusioni di tutti quanti. Alberto non riusciva a prendere una decisione. Stava in piedi come inebetito in quella camera puzzolente, con il rischio di dover giustificare la sua presenza ai suoi temporanei abitanti, ovvero i moldavi di cui aveva parlato Regina e che potevano rientrare da un momento all'atro. Di colpo fu colto da un'illuminazione. Siri doveva sapere anche più di Marco. Lei e Fatu giravano incollate come due francobolli. Se un bastardo in cerca di ragazzine da buttare sulla strada o un maniaco frustato voleva aggredire Fatu, l'altra doveva aver visto tutto. Adesso, infatti, Siri e Fatu erano entrambe blindate. Segregate in casa dalle loro rispettive famiglie, ovviamente appartenenti al clan dei senegalesi, gli stessi che parlamentavano con Vasiliç la mattina alle sei all'angolo del mercato. E se anche Vasiliç avesse visto l'aggressore e lo conoscesse e non volesse dichiarare alle autorità il suo nome?

Che casino! Doveva assolutamente venire a capo della faccenda e parlare direttamente con l'ucraino senza nessuno tra i piedi. Con gesti nervosi, impazienti, prese a caso un paio di pantaloni, un maglione, un paio di calze, una maglietta di cotone giallo canarino, un quaderno e un asciugamano, e li schiaffò pigiati nel suo zainetto, poi respirò a fondo e cercò di calmarsi.

"Serviva altro?" si chiese. No, andava bene così. Si ficcò in spalla lo zainetto e uscì. Chiuse a chiave la porta traballante e scese di corsa le scale, appena in tempo per sfiorare all'ingresso due ragazzi, presumibilmente i famosi moldavi che condividevano la stanza con Vasiliç. Possibile che lui vivesse in quelle condizioni? E la storia del cortile? Era vera? Quella Regina doveva essere una malalingua, una chiacchierona. Vasiliç non si era mai presentato a scuola come un barbone. Uno che dorme su materassi sfondati tra i bidoni della spazzatura dovrebbe portarne i segni al mattino alle otto, pensò Alberto, camminando veloce verso casa. Invece no, cortile o stanza sovraffollata, Vasiliç era sempre in ordine perfetto.

Per fare un po' di chiarezza nella sua testa e nel suo sentimento altalenante nei confronti dell'ucraino, decise che prima di incontrarlo il giorno dopo in ospedale avrebbe messo nero su bianco i tasselli di quella storia. Per il momento doveva mangiare qualcosa, che il suo stomaco cominciava a brontolare. La madre, per sua fortuna, gli aveva lasciato pronto in cucina un pollo in umido con le patate. Alberto buttò lo zaino per terra, andò veloce in bagno mentre il pollo si scaldava in forno, e poi lo divorò avidamente in mezzo minuto, in piedi, tanta era la fame. Non ricordava, infatti, di essersi concesso nulla che potesse lontanamente assomigliare a un pranzo in tutta la giornata.

Prese poi carta e penna per tener fede ai suoi propositi di scrivere la trama del giallo di Marco, Vasiliç, Fatu e Siri, ma la testa gli cadeva sul tavolo dal sonno. Ripeté ad alta voce i quattro nomi masticando il sedere della biro BIC, e prima di stramazzare addormentato ebbe una visione. Gli parve tutto chiaro, spaventosamente chiaro. Marco era pazzamente innamorato di Siri, questo lo aveva intuito da un po', ma quello che non aveva compreso era il suo accanimento nel proteggere la sua storia con lei. Probabilmente quella mattina c'era pure lui con le due ragazze alle Porte Palatine e voleva evitare che Vasiliç facesse la spia. Ecco spiegato il suo comportamento un po' ambiguo. In più adesso gli balenava in testa che l'ucraino nutrisse mire segrete su Fatu, la seguisse ovunque, accarezzandola con gli occhi, e Alberto non osò aggiungere altro alla lista delle ipotetiche fantasie erotiche di Vasiliç. Alla sola idea di Vasiliç che spiava la sua bella, la pedinava di nascosto, la difendeva da eroe, si sentiva montare una rabbia impotente, una fitta di gelosia così forte da fargli prudere le mani.

«Bastardo!» gli venne da esclamare al suo indirizzo.

«Che bestia!» disse invece tra i denti rivolto a se stesso.

Marco doveva ritenerlo un emerito idiota per non aver capito un fico secco di Vasiliç e un egoista, privo di intuito, per non aver colto la sua paura che quel casino potesse compromettere la sua storia d'amore con Siri.

Ora la sequenza dei fatti gli apparve evidente. Alle sei e mezzo Vasiliç metteva in guardia i senegalesi su un possibile aggressore di Fatu, poi si precipitava sulle sue tracce, coglieva sul fatto il tipo grande e grosso, lo bloccava, allertava Marco, Siri e Fatu che se la davano a gambe, mentre il bullo, forte di rinforzi sopravvenuti sul momento con la ferrea intenzione di fargliela pagare, lo menava come si deve. Già, perché uno contro uno era difficile avere la meglio su di lui. Poi, gonfio di botte, raggiungeva la scuola e crollava svenuto sulla porta della classe.

Alberto tirò un sospiro di sollievo. Adesso gli quadrava tutto e finalmente, sfinito, si buttò vestito sul letto e si addormentò al solito come un sasso.

Giovedì

Il mattino dopo, Alberto si svegliò di buonora. Troppi pensieri gli frullavano in testa per starsene a poltrire a letto. Porca di una miseria, per una volta che era assente giustificato da scuola, neanche riusciva a godersi una mattinata da fancazzista come si deve. Invece saltò su come una molla, si stirò per bene, fece qualche piegamento per sgranchirsi le ossa e considerò che tutto sommato doveva aver dormito sodo, perché non aveva neppure avvertito i movimenti della madre che ogni mattina armeggiava in cucina, svuotava la lavapiatti, metteva su il caffè, spremeva le arance, faceva cioè un baccano d'inferno.

Adesso lo riscosse un urlo: «Io vado! Cerca di darti una mossa e fatti trovare, se avessi bisogno...»

Alberto fece finta di niente. Poi si risentì e la inseguì in mutande e T-shirt fuori dalla porta di casa: «Al solito, incacchiata!» le gridò dietro. «Cosa ti costerebbero due parole gentili? Ti cade la mascella a ringraziarmi di quello che sto facendo?»

La madre si arrestò di colpo in fondo alla rampa di scale. Si girò e di rimando lo investì con veemenza: «Che cosa stai facendo? Dimmelo! Sei andato a trovare tuo padre? Bravo. Quale figlio non lo farebbe? Sei venuto ad aiutarmi? No. Sei andato a scuola? No. Allora?» tacque un attimo, forse in attesa di una qualche reazione, poi diede la stoccata finale. «Devi recuperare sedici anni di giornate spese inutilmente prima che io sia riconoscente... ma va' là».

«Sedici anni di vita di merda!» le urlò dietro sprezzante Alberto richiudendo la porta. Anzi sbattendola con rabbia.

Sbuffò. Niente da fare. Non sarebbe riuscito a blandirla tanto facilmente... ma ora aveva altro a cui pensare. Guardò l'ora. Ancora una volta quella strega di sua madre aveva ragione: ormai era tardi per arrivare puntuale a scuola. Decise comunque di andare a parlare con la prof. per chiedere altri due giorni di permesso, con la scusa della sua situazione familiare.

Così almeno avrebbe avuto modo e tempo di concentrarsi sulle sue cose.

Si vestì in fretta, uscì di corsa e arrivò un secondo prima che il portiere sbarrasse il cancello di entrata. Dopo quell'attimo avrebbe dovuto passare dalla Preside, una trafila lunghissima e dai risultati incerti, invece salì le scale a tre gradini per volta, attaccandosi con forza al mancorrente, ed entrò in classe mentre la prof. stava ancora facendo l'appello. Si profuse in scuse e dichiarò apertamente davanti alla classe che suo padre giaceva mezzo paralizzato in ospedale e che lui doveva assisterlo. La prof. lo fissò e un brusio si diffuse tra i compagni. A una rapida occhiata mancavano Siri e Fatu, e naturalmente Vasiliç. Gli altri, gli sembrò, c'erano tutti. Marco compreso. Cercò di smorzare l'imbarazzo generale raccontando ciò che era successo: il colpo improvviso, l'ambulanza, la notte passata in barella in corridoio, l'invalidità del padre. Gli pareva, mentre parlava, di compiere una sorta di tradimento nei confronti di suo padre, una vigliaccata ad andare a spiattellare davanti a tutti che era sdraiato immobile, incapace di vestirsi, andare in bagno e mangiare da solo, in una squallida stanza di ospedale. Quelli tra i suoi amici che erano transitati dal bar lo conoscevano come un omone imperioso, autoritario, severo. Una persona forte, indistruttibile. Come immaginarlo in quelle condizioni? E che mortificazione doveva essere per lui, abituato a fare e disfare ogni cosa a suo piacimento, trovarsi in quella situazione di dipendenza e di totale incertezza del futuro. Eppure Alberto aveva bisogno di dare ai compagni una giustificazione valida e concreta per l'indulgenza della prof. nei suoi confronti, altrimenti lo avrebbero fatto passare per un "infame", uno che, come nei film di mafia, tradisce i picciotti per ingraziarsi i giudici. Lungi da lui complicarsi la vita. Un padre semi paralitico, quindi, serviva a far pena e a permettersi assenze prolungate, e Alberto indugiò sulle difficoltà che erano insorte anche nel lavoro al bar, dove la madre era rimasta sola a sobbarcarsi tutto. Tra l'altro assolutamente vero.

La prof. non ebbe, infatti, dubbio alcuno e gli concesse con nota scritta sul diario di uscire e di restare a casa anche il giorno seguente, venerdì. Mentre lei scriveva, Marco si alzò, chiese la parola e pregò Alberto di occuparsi di Vasiliç dato che faceva avanti e indietro con il Maria Adelaide. Lui e i suoi amici si sarebbero incaricati di portarlo a casa venerdì pomeriggio. Alberto lo fissò sbalordito, con aria interrogativa. Chi aveva detto che sarebbe stato dimesso già venerdì? Tuttavia non fece domande. Rispose con un laconico «Sì, certo» alla richiesta di Marco e ascoltò la prof. che, riconsegnandogli il diario, gli domandò notizie del racconto.

Alberto borbottò un «Ci sto lavorando» e lei non perse l'occasione per fargli la predica.

«Sarò inflessibile nella valutazione del compito, che andrà ad aggiungersi all'impegno dimostrato nel corso dell'intero anno scolastico» gli disse dura. Era chiaro che voleva ribadire che, padre o non padre, malattia o pigrizia, per lei non erano previsti sconti.

«Io sono sicurissima» continuò – e beata lei, pensò Alberto con un moto di stizza, restando diligentemente in piedi di fianco alla cattedra – «che tu possa impegnare la tua testa anche su una composizione, un banalissimo tema libero... che trovata la parola, si risolve in mezz'ora. Una prova risibile, ridicola in qualsiasi ordine di scuola all'estero, dove si studia e si rispettano regole civili e dove i tipi rissosi come Vasiliç neanche vengono ammessi a seguire le lezioni».

Alberto drizzò le orecchie a quella inaspettata conclusione del predicozzo e sentì improvvisa e urgente la voglia di andarsene al più presto. Avrebbe voluto buttare lì un polemico "E perché mai?", ma si trattenne. Non commentò, fece un cenno di ringraziamento all'indirizzo della prof., salutò genericamente con una mano i compagni che lo ricambiarono con palesi gestacci e uscì.

Si diresse a grandi falcate verso il bar, soppesando le sue perplessità. Che senso aveva presentare Vasiliç come un farabutto? Così direttamente, davanti a tutti? Neppure degno di partecipare alle lezioni!? Forse per via della denuncia. La Preside doveva esserne al corrente e aver fatto con la prof. terribili congetture sul suo conto. Di nuovo si alimentarono i suoi dubbi sul ruolo tenuto dall'ucraino in tutta la vicenda e la versione che la sera prima gli pareva non facesse una piega prese nuovamente a vacillare. In realtà si era riproposto di scriverne tutti i passaggi logici, poi era crollato dal sonno e il ragionamento fatto a mente ora come ora non tornava a galla con la stessa lucida e ineffabile precisione.

Appena entrato nel bar, la madre gli lanciò un saluto distratto, ma si risparmiò i rimproveri per il tempo che aveva impiegato ad arrivare, dato che a scuola non ci andava. Lo spedì subito in cortile a scaricare il camioncino delle bibite. Quando il figlio le ebbe tutte sistemate dietro il bancone e nei frigoriferi, gli affidò la gestione del bar e gli disse che sarebbe andata al mercato a comprare la frutta e la verdura necessaria per i panini e i piatti del self-service di mezzogiorno.

«Puoi sostituirmi al banco anche mentre li preparo» bofonchiò asciugandosi le mani nel grembiule, che poi slegò e appese a un chiodo nel retro.

«Sì, ma'» disse Alberto a scanso di qualsiasi polemica. L'idea di stare al bar da solo gli piaceva. Una bella sensazione avere tutta la responsabilità dei clienti, ma c'era voluta la malattia del padre per poterla sperimentare. Prendere le ordinazioni, ricordare tutto, servire veloce, lo calmava. Sapeva preparare un buon caffè, in qualsiasi versione gli venisse richiesto, e pure il tè e il cappuccino. Quanto al resto, aperitivi, bicchieri di vino, grappini non richiedevano abilità particolari, chiunque sarebbe stato in grado di servirli, anche accompagnati da qualche stuzzichino. Nel mestiere del barista la vera difficoltà sta nel caffè: un bar viene identificato a seconda che lì si faccia o non si faccia il caffè buono. Conta molto la miscela usata e la pulizia della macchina, ma anche l'arte di chi lo fa è essenziale. E lui aveva un'ottima mano.

La cosa più entusiasmante era muoversi e chiacchierare senza gli occhi critici di qualcuno alle spalle. Gli pareva di cambiare pelle, senza sua madre. Per non parlare del beneficio dell'assenza del padre. Lei era soltanto acida, ma sotto sotto era una donna innocua. Lui era un selvaggio. Fino ad allora l'aveva conosciuto soltanto in modalità violenta: strapazzi, cazzotti e umiliazioni. Doveva avergli fatto dei torti pazzeschi da bambino, averlo ferito e deluso, se no chi mai tratterebbe così un figlio?

Alberto andò dunque servendo caffè e pizzette, tra un pensiero e l'altro sulla sua vita familiare. La concentrazione sui gesti, necessariamente precisi e veloci, e il coinvolgimento nelle conversazioni da bar gli scacciarono dalla mente, almeno per un po', le preoccupazioni relative al suo compito scolastico e alla vicenda di Vasiliç, Fatu e Siri.

Quand'ecco vide entrare Marco.

Guardò l'ora d'istinto e lesse sul quadrante: 13.35. Ci stava. L'orario di scuola finiva alle 13.20, il giovedì. Quindi Marco era uscito e si era diretto subito da lui. A dirgli cosa?

«Vai da Vasiliç oggi pomeriggio?» gli chiese Marco appena varcata la soglia del locale, togliendosi gli occhiali che si appannarono al primo contatto con un calore differente.

«Adesso il bar è pieno e non posso lasciarlo» rispose Alberto ritirando le tazze sporche dal bancone, sciacquandole e infilandole rovesciate a una a una nella centrifuga.

Fu tentato di consegnare a Marco la roba per Vasiliç che aveva preso la sera prima in via Borgo Dora e di sbarazzarsi dell'incomodo, poi preferì tacere e ribadì che sarebbe andato di persona a trovarlo, ma più tardi.

«Va bene, allora» disse Marco senza scomporsi, ricacciandosi gli occhiali sul naso e afferrando distrattamente due noccioline e una patatina dagli scodellini posti in fila sul bancone.

«Vuoi bere qualcosa?» chiese Alberto con tono leggermente ironico.

«No, no» si affrettò a dire Marco ritraendo la mano e ficcandosela in tasca con fare indifferente. «Ero venuto solo a dirti che se oggi vai tu, io ho tempo per organizzare il suo trasferimento a casa per domani pomeriggio!»

«Frena» insorse Alberto spostandosi di lato verso la cassa e facendo automaticamente il conto a due signori che avevano consumato al tavolo. «Frena. Primo, me lo hai già detto a scuola stamattina. Poi dato che ormai sei qui, dimmi di quale casa parli? Quel buco lurido con la roba ammassata in un angolo e quella tipa, Regina, che blatera di pezzi da galera e notti in cortile? E poi dove è andato a finire il piantone? E la denuncia? Qualcuno ha ritrattato? E chi ti aiuta? Quello è tutto rotto, dalla testa ai piedi. Come se la può cavare da solo?»

«Della stanza si occupano le peruviane e a trasportarlo mi aiutano Eros, Beppe e Gino». Marco impassibile colse soltanto alcune domande. «Sono forti come tori. In ospedale, tanto, non lo vogliono più tenere».

«E il piantone?» Alberto non si arrese.

«Ah... scagionato».

«Come sarebbe scagionato?»

«Sarebbe che Vasiliç è stato scagionato. Siri stamattina si è presentata alla polizia, scortata da padre e zii, a dettare il numero di targa di un tizio in auto che si è defilato dal luogo dell'aggressione. Ha dichiarato di aver visto tutto e di avere reagito per difendere la sua amica. Per questo motivo, quello è sceso dall'auto, l'ha minacciata e le ha fatto l'occhio pesto».

«Siri ha un occhio nero?» Alberto era frastornato. Com'è che non glielo aveva detto?

«Tu non hai mai chiesto come stesse Siri».

«Insomma, diavolo, il tipo allora sanno chi è?»

«No, non lo sanno. Perché l'auto appartiene a un'assicurazione. E il proprietario non sa dire quale dei suoi funzionari l'avesse presa il mattino di martedì, perché lui era fuori Torino per lavoro e gli altri sono solidali in un atteggiamento di totale omertà e negano ogni possibile coinvolgimento».

«Solidali... totale omertà» Alberto ripeté le parole, ma

evitò di fare battute, preso com'era dal ricostruire il filo dell'accaduto di nuovo, da capo. «Quindi, secondo te le cose sono andate così: Siri e Fatu vanno a scuola facendo un lungo giro verso i giardini. Un tizio le abborda dall'auto, quelle lo mandano a stendere e accelerano il passo, lui scende, le rincorre, mette le mani addosso a Fatu, lei si divincola, Siri lo colpisce, che so io, con lo zaino, si becca un pugno in faccia e, prima di darsela gambe, ha la prontezza di segnarsi mentalmente il numero di targa. Mentalmente perché di tirar fuori il diario e scrivere con un occhio solo non se ne parla. Giusto?»

Il tono di Alberto era sarcastico. La gente al bar si stava sedendo ai tavoli per giocare a carte o a domino, in silenzio, quasi timorosa di interrompere la conversazione.

Marco sospirò e borbottò: «Diciamo giusto, più o meno».

Alberto gli mostrò il pugno chiuso.

«Mi vuoi dire una benedetta volta che cavolo è successo?» ringhiò a bassa voce. «Tu, quella stessa mattina, hai detto in classe di aver visto un gruppo di neri parlare con Vasiliç. Come mai? Che c'entra lui? Se lì c'erano soltanto Siri e Fatu? Anche il bullo tarchiato è scomparso, per lasciare il posto al tizio in auto! Botte, occhi neri, tu mi nascondi qualcosa, mi son perso qualcosa, mi irrita vederti. Vattene via... dannazione».

Alberto alzò la voce e adesso gli avventori si girarono a guardarlo. In quel preciso momento arrivò la madre con le sporte della spesa e reclamò il suo aiuto per sistemarle.

Marco ne approfittò e uscì svelto dal bar.

Quando Alberto alzò la testa da casse e cassette, non lo

vide più. Lanciò una maledizione, sbuffò, fece spallucce e decise che verso sera sarebbe passato dall'ospedale e avrebbe messo alle strette Vasiliç. Marco era troppo allusivo, troppo sfuggente e non si capiva un cacchio di niente.

Lavorò alacremente tutto il pomeriggio. Si impose di obbedire ciecamente a sua madre. Si prestò a impilare cassette di acqua minerale, a riempire bicchieri e bicchieri di spremute, a lavare i vassoi, pulire i tavoli, servire i caffè ai negozi vicini, sistemò i panini confezionati nell'espositore, scopò il retrobottega, lavò per terra, passò con l'aceto bianco tutti i lavelli e con lo sgrassatore i fornelli e i piani della cucina. Insomma lavorò come un matto. E verso le sette di sera pensò intensamente a suo padre, che aveva sgobbato così, se non molto di più, tutti i giorni della sua vita adulta. Intendendo per adulta la vita iniziata al compimento del quattordicesimo anno di età, cioè quando era tre anni più giovane di lui adesso e il padre l'aveva spedito a lavorare senza tante cerimonie.

A quel punto dichiarò alla madre che staccava per andare in ospedale. Lei, più conciliante del mattino, dopo l'intera giornata che lo aveva avuto sotto gli occhi, silente e infaticabile, gli disse: «Bravo, vai». E continuò imperterrita a manovrare la macchina del caffè.

Dopo mezz'ora Alberto arrivò trafelato al Maria Adelaide, andò dritto nel reparto del padre, mise la testa dentro la camera e lo vide intento a gesticolare e parlottare, come poteva, con una donna piantata a gambe larghe di fianco al letto. Dava la schiena alla porta, per cui non si riusciva a capire chi fosse.

Visite interessanti, pensò sornione e compiaciuto dell'interesse della tipa nei confronti del padre, e decise che sarebbe tornato dopo. Si allontanò di poco e, varcata la vetrata di separazione dei reparti, si posizionò di fronte alla porta della camera 28; tirò un sospiro, si ravviò i capelli, scosse le mani per placare il tremolio nervoso, andò alla toilette per un bisogno improvviso, tornò in postazione, spazzolò i pantaloni, rifece il nodo alla sciarpa e alla fine si sentì pronto a bussare. Pronto per la resa dei conti!

«Avanti» rispose la voce inconfondibile di Vasiliç.

Alberto entrò in punta di piedi e constatò che il secondo letto era vuoto. Fece due gesti eloquenti, uno con pollice verso il basso, stile k.o., l'altro con le dite aperte a V in segno di vittoria, ce l'abbiamo fatta! Il secondo era quello più appropriato: il tipo non era defunto, era soltanto stato felicemente, per Vasiliç, spostato in una camera da dove poteva accedere più comodamente alla Riabilitazione.

Commentato dunque quanto stesse bene da solo in camera, Vasiliç ringraziò Alberto della roba che gli aveva portato, gliela fece sistemare nell'armadietto e riprese a sonnecchiare, senza dimostrare alcuna urgenza di intessere conversazioni.

Fu Alberto che non si trattenne dall'interrogarlo.

Sapeva qualcosa di Siri e dell'occhio pesto? E lui da chi era stato picchiato? E perché? E c'era anche lui alle Porte Palatine? E come viveva veramente? Vasiliç non cascò nella trappola di rispondere nel modo alterato con cui Alberto lo sommergeva di domande. Restò calmo e rimase sulle generali. Evasivo sulle botte e sulla casa di Via Borgo

Dora, fece soltanto intendere che Marco e Siri avevano un filarino.

«Un filarino?» Alberto scoppiò a ridere. «Dove hai pescato questa parola? Da tua nonna?»

«Chiamalo come vuoi» sorrise di rimando l'ucraino. «Però è così. Io lo so da un pezzo e gli tengo un po' il moccolo».

«Filarino, moccolo?!» Alberto continuò a ridere, ma stava per innervosirsi, sebbene una voce in sordina gli dicesse che non doveva farsi prendere dall'agitazione e lasciarsi sfuggire l'occasione di farlo parlare e raccontare, se non la vera versione dei fatti, quanto meno la sua versione. «Ma cos'è, un linguaggio del tuo paese adattato all'italiano?»

«Il filarino è quello che vorresti avere tu con Fatu» lo aggredì Vasiliç rompendo l'incantesimo della leggerezza che Alberto tentava falsamente di creare con la sua risata. «E il moccolo è quello che devi reggere, perché non piace soltanto a te».

Alberto lo fulminò con lo sguardo.

«Sarebbe a dire che piace pure a te?»

«Sarebbe a dire quello che ho detto. Non lavorare troppo di fantasia. Nuoce alla salute».

Adesso fa il filosofo, pensò Alberto indispettito.

«Lascia perdere i moccoli e la fantasia» sbottò duro, «e dimmi chi è stato a menare le mani».

«Facile da capire, anche per una capra come te» proruppe l'ucraino con aria spazientita. «Siri e Marco si incontrano per venire insieme a scuola. Un tizio in auto li segue e vorrebbe aggredirli o scipparli o rapire Siri, ma loro scappano e lei lo vede bene in faccia. Ti pare che quello non la minacci, caso mai le venisse l'idea di parlare e sbandierare ai quattro venti la sua faccia!? Per cui la insegue, scende e giù un bel pugno ben assestato e un bell'occhio nero. Semplice. Così lei non può far nulla, perché ha paura del tipo, che presumibilmente ha degli amici mezzi criminali, e nello stesso tempo ha paura dei suoi genitori e del giro dei senegalesi, che se scoprono il "filarino" con Marco l'ammazzano di botte. Siccome io spesso li seguivo, per controllare che tutto andasse per il meglio, Siri che fa? Ha la geniale pensata di accusare me di averla voluta aggredire e il clan dei "neri" di Porta Palazzo mi concia per le feste».

Alberto ascoltò con attenzione, constatando che le parole di Vasiliç non collimavano per nulla né con la sua ricostruzione dei fatti né tanto meno con quella di Marco.

«Tutto filerebbe» disse restando calmo, «se non ci fosse di mezzo anche Fatu. E soprattutto se io quella mattina non l'avessi vista scappare. E se non avessi visto pure io il tizio in auto che sembrava un cretino, ma non so come puoi dire che fosse un malavitoso, rissoso, complice di una banda di criminali, uno che scende dall'auto e prende a cazzotti una ragazzina. Tu lo conoscevi, forse?»

«Sì, certo. Lo conosco bene... è uno del giro dello spaccio» disse Vasiliç. Parlò tuttavia senza troppa convinzione e Alberto se ne accorse. Bastò il fatto che si girasse dall'altra parte mentre rispondeva e che una pausa un po' troppo lunga intercorse tra "lo conosco bene" e "giro dello spaccio".

Alberto pensò di averlo preso in contropiede e di essere sulla strada giusta per scoprire dove mentiva.

Era certo che Vasiliç non la contasse giusta. Fatu che lui non sapeva dove fosse, il clan dei "neri" che lo picchiava di santa ragione, il generico "giro dello spaccio" citato come ciliegina sulla torta... insomma modi e tempistiche che non tornavano e poi quel ruolo da santo infilzato, vittima ingiusta della denuncia di una ragazzina senegalese... tutto pareva campato in aria. In più Marco aveva sostenuto che Vasiliç se le era prese dal bullo grande e grosso, che adesso svaniva nel nulla per lasciare il posto al tizio in auto che inviperito scendeva a picchiare Siri.

Ognuno la contava come voleva, per la miseria.

«Siri ha denunciato il tipo alla polizia e ti ha scagionato. Questo lo hai saputo?» chiese Alberto polemico.

Vasiliç al solito non colse la provocazione. «Certo, ma non ho capito quando e come è successo» rispose con tono piatto. «Il piantone se n'è andato alle due e mi ha detto che domani potevo tornarmene a casa».

«A proposito di casa, dove vivi esattamente?»

«Ma cos'è? Sei venuto a trovarmi o a farmi un interrogatorio?» Vasiliç adesso sbottò. Si tirò su nel letto e parlò con foga. «Cosa vuoi fare da grande? L'investigatore privato a Scotland Yard? Se ti ho dato le chiavi, quella è casa mia. Non ti va? È troppo piccola, squallida, brutta, sporca, infamante, degradante?» Sembrava che dovesse levarsi un mattone dallo stomaco e sputargli la sua storia in faccia.

«Regina mi ha detto che hai dormito per terra in cortile» disse serio Alberto interrompendo la veemenza con cui l'altro vomitava aggettivi per il suo buco di appartamento in quella strampalata casa di ringhiera.

«Regina è una pazza contaballe. Ma mi vuole bene. Lei è arrivata da sola come me. Essere soli non è facile. Non ti vuole nessuno, non conosci la lingua, non hai i permessi regolari, per forza all'inizio dormi nei cortili. Cosa credi? Mica tutti hanno una famiglia come te».

«Alla faccia della famiglia» scappò da dire a Alberto. «Un padre padrone che forse solo la paralisi, dopo sedici anni di ingiurie, sembra ricondurre a un pizzico di umanità, e una madre insopportabile, prepotente quanto basta, sempre incazzosa e astiosa. Meglio da soli, caro Vasiliç. Meglio soli, perché accompagnati così, giorno dopo giorno, finisci che ti senti proprio una nullità, meno di zero e non hai voglia di niente...»

«Tu una voglia ce l'hai, eccome...» Vasiliç rise, troncandogli la parola e guardandolo con aria compiaciuta per la battuta. Pareva perfino bonario. Alberto ricambiò lo sguardo con una smorfia interrogativa. Ma era chiaro alludesse a Fatu.

«E dai che lo sappiamo tutti» concluse l'ucraino ricadendo all'indietro, spossato, sulla sua pila di cuscini.

«E allora perché ti ci metti pure tu?» disse Alberto con tono affranto. Riaffiorò nella sua testa l'ipotesi che Vasiliç stesse coprendo se stesso e non avesse intenzione di dire apertamente come fossero andate le cose, ma stanare l'ucraino era un'impresa disperata. Lui, infatti, ancora una volta non gli diede corda, fece spallucce e bisbigliò con un sorrisetto ironico: «Sei fuori strada». Poi lo congedò, raccomandandogli di non mancare la sera dopo a casa sua, sì, esattamente nella stamberga che aveva avuto il piacere di conoscere, dove voleva festeggiare il suo rientro dall'ospedale.

«Ci sarò» bofonchiò Alberto. Si alzò dalla sedia, abbozzò un mezzo sorriso e uscì dalla camera.

Nel corridoio incappò in Marco.

«Mi avevi detto che oggi non saresti venuto, o sbaglio?» lo aggredì Alberto contrariato. Avrebbe potuto evitarsi quel colloquio mortificante con Vasiliç, se fosse venuto Marco al posto suo. Poi di nuovo fu colto dal sospetto che i due si dessero man forte l'uno con l'altro e lo stessero prendendo in mezzo per confondergli le idee.

Marco, a riprova dei suoi sospetti, parve essere colto di sorpresa e farfugliò di un impegno che era saltato improvvisamente, per cui aveva trovato il tempo di venire a chiedere a Vasiliç come stava e a dirgli che l'appartamento era stato ripulito per bene.

«Fantastico» commentò veloce Alberto e lo mollò lì dove si trovava.

Dunque, riassunse nella testa tornando a casa, senza nemmeno aver avuto l'energia per passare a salutare suo padre, Siri e Marco se la intendono, Siri e Fatu sono sempre insieme, Vasiliç tiene il moccolo e fa da palo quando si incontrano, in più gli piace Fatu. Così quella mattina sono loro quattro e a Vasiliç gli ormoni vanno a mille e le salta addosso, tenta di baciarla, lei si divincola, lui l'afferra stretta, quella urla come una pazza, un tizio in auto vede, scende e disperde tutti. Siri e Fatu scappano, e forse anche Marco, ma Vasiliç sente odore di rissa, lo sfida e giù botte da orbi, perché in aiuto al tizio arriva uno dei suoi amici, spalle larghe e muscoli da toro, uno legato a qualche gang di Porta Palazzo. Il tarchiato dà una bella lezione a Vasiliç, mentre il tipo dell'auto risale, si mette al volante e si defila. Siri arriva a casa trafelata e borbotta qualcosa di uomini, aggressioni o quant'altro e si becca uno schiaffo magistrale dal padre o da un fratello che le fa un occhio nero, Fatu viene chiusa in casa a doppia mandata. Il padre di Fatu denuncia Vasiliç per aggressione, ma le donne del clan fanno un tale baccano, un tale coro di proteste, che alla fine si decide di usare Siri per scagionarlo, con la sicurezza che altrimenti si dovrebbe andare avanti un secolo per avvocati, con denunce e controdenunce, e le ragazze finirebbero sulla bocca di tutti tra pettegolezzi, critiche e maldicenze. In tutto ciò Marco vuole accreditare la storia che lui e Siri non c'entrano e crea un alibi a Vasiliç per far sì che tutto venga messo a tacere: racconta che lo ha visto parlare con i senegalesi, poi ha seguito Fatu e l'ha difesa dall'aggressore prendendosi un fracco di botte e una bella denuncia falsa. In una parola inverte i ruoli: Vasiliç aggressore, fermato e menato, diventa Vasiliç eroe contro l'ipotetico aggressore e parimenti caricato di botte.

Alberto dava talmente di matto a pensare che Vasiliç potesse avanzare pretese su Fatu, che voleva convincersi che fosse colpevole, che mentisse a tutto spiano e che i compagni di classe fossero tutti una manica di sentimentali, ingenui e buonisti, che lo difendevano a vanvera perché, poveraccio, aveva accumulato nella sua breve esistenza una terribile serie di disgrazie... Alberto più ci pensava più schiumava di rabbia. Era arrivato da solo attraverso l'Europa?! Perfetto.

Chissà quante centinaia di ragazzi stavano arrivando da soli e in condizioni più penose della sua. Bastava accendere un qualsiasi telegiornale alla sera e se ne vedevano a centinaia. Mica passano il loro tempo a scazzottare in giro o a saltare addosso alle ragazze! Mentre quel porco borioso pensava che il suo passato gli consentisse di comportarsi come meglio credeva e che a lui, grande e grosso com'era, nessuno potesse dire di no. Nemmeno Fatu.

Alla sola idea che potesse averla anche solo sfiorata, Alberto si sentiva male. Un tradimento, una pugnalata allo stomaco, maledetto orco peloso, che se ne stesse a marcire in ospedale!

«Oddio» si disse Alberto sgomento. «Forse farnetico. E hanno ragione loro. Devo andare a dormire, perché la testa mi scoppia».

L'unica via di uscita da quel dilemma – Vasiliç colpevole, Vasiliç salvatore – era quella di incontrare Fatu. Lei per forza di cose sapeva. Alberto doveva assolutamente riuscire ad avvicinarla e a dichiararle il suo amore, doveva infrangere il muro innalzato dal padre per allontanarla da lui, doveva farle sapere che i buoni sentimenti esistono eccome e che vale la pena coltivarli... più pensava alla sua insipienza, alla sua timidezza, alla sua ritrosia, alla sua idiozia, più sentiva montare un'ebollizione dentro, un senso di frustrazione che gli toglieva il respiro, un peso insopportabile in mezzo al petto. Si fermò in mezzo alla strada e cercò un muretto per sedersi.

Non poteva porsi troppe domande. Doveva reagire. Cercare le parole giuste da dire, i gesti giusti da fare. Alla fine il respiro si calmò e Alberto si impose di smettere di arzigogolare, tanto da solo non ne veniva a capo e poi non era quello il suo obiettivo principale. E così lo colse il rammarico di non essere passato da suo padre a salutarlo e dargli la buonanotte.

Peccato!

Era stanco, deluso e amareggiato. La giornata di giovedì si chiudeva con un fallimento dietro l'altro. Con suo padre aveva fatto un passo verso la riconciliazione, quindi avrebbe dovuto coltivarla con più attenzione, farla maturare fino a imbastire un rapporto nuovo, basato su un minimo di fiducia reciproca, quella che predicavano gli operatori nei centri dell'Assistenza Sociale. Lui si era sempre fatto beffe di tante belle parole, ma adesso alla sola ipotesi di rivedere la faccia arcigna di suo padre, quella di sempre prima dell'incidente, gli veniva la nausea. Non poteva tornare indietro. Non poteva nel modo più assoluto. Cacciò fuori dalla tasca il cellulare e gli mandò un sms di scuse, promettendogli che sarebbe passato a trovarlo il giorno dopo con i pasticcini. Con sua madre era più facile, per la miseria. Con lei qualche barlume di gesto d'affetto se lo ricordava e il cambio di marcia lo affannava di meno, avrebbe trovato il modo di smorzare il suo sarcasmo, e poi lei non portava rancore. Lo insultava, lo aggrediva, incassava risposte e rimaneva il donnone di sempre, solido e pratico. Dopo tutto si volevano bene.

Affanno, invece, o meglio panico allo stato puro, era la definizione esatta di ciò che Alberto provava al pensiero di quel maledetto racconto per la prof. di Lettere di cui non aveva scritto una sola parola. E il tempo gli stava sfuggendo di mano.

Mentre si arrovellava, scorreva il cellulare per vedere se ci fossero messaggi che valesse la pena di leggere. Ne cancellò alcuni, ne archiviò altri e poi incappò in quello di Piru, che gli lanciava un appello disperato perché non soltanto non aveva scritto un bel niente, ma non sapeva davvero da che parte cominciare perfino a trovare la fatidica parola della salvezza. A quello rispose: gli scrisse di passare domani dal bar all'uscita di scuola, così ne avrebbero parlato insieme. Quel messaggio fu l'unica cosa in tutto il giorno da cui trasse beneficio e che lo aiutò a calmarsi definitivamente. Aveva almeno compiuto una buona azione: aveva scritto due parole che avrebbero permesso a Piru di chiudere occhio quella notte.

E così tra soste e camminate arrivò a casa, divorò la cena, a base di pesce fritto e patatine, lasciata pronta al solito dalla mamma che questa volta aveva sbrigativamente pescato due pacchetti dal freezer del bar, e si ficcò nel letto.

La giornata di venerdì sarebbe stata decisiva. Cercò di non pensarci, si mise gli auricolari e si sparò nelle orecchie la melodia commovente del suo amato e insuperabile Bob Dylan.

Venerdì

Il mattino dopo, le incombenze del bar si fecero pressanti. Bisognava rimpolpare gli approvvigionamenti in prospettiva del weekend, dove d'abitudine c'era un surplus di lavoro. In assenza di suo padre, ad Alberto toccò una sveglia spaventosamente vicina all'alba per accompagnare la madre al mercato del pesce, vicino al Palatenda, e poi a far man bassa sui banchetti dei contadini, ancora in allestimento a quell'ora sul lato sud di Porta Palazzo. Lì, con suo grande disappunto, perché non era ancora del tutto lucido, incontrò Marco che aiutava i suoi genitori a esporre sul banco montagne di aglio, cipolle, zenzero e ginseng, che lui conosceva bene per via dei caffè che gli chiedevano al bar. Marco lo salutò con un cenno distratto e Alberto, rispondendo al saluto in modo altrettanto frettoloso, non riuscì neppure a ricordare con esattezza in quale momento l'avesse visto il giorno prima. A quell'ora del mattino si sentiva quanto mai simile a un malato di Alzheimer. Tutto era cominciato lunedì, cioè non più di cinque giorni prima, ma con tutti gli stravolgimenti e l'andirivieni tra casa e ospedale e nei meandri di quella città nella città che era il grande mercato della piazza, aveva perso l'orientamento. Aveva parlato con Marco prima o dopo aver incontrato Vasiliç? Perché gli era salito in testa quel nervoso d'inferno? Quella urgenza di parlare con Fatu? Qual era la versione dei fatti più verosimile? Dove erano finiti i suoi ragionamenti a incastro? In assenza di ricordi precisi, optò per non andare oltre a uno stentato sorriso e a qualche sguardo ammirato per l'abilità con cui mamma, papà e figlio cinese impilavano le teste d'aglio in una montagna di altezza spropositata. A lui sarebbero cadute tutte per terra. Poi tirò innanzi a caricare broccoletti e zucchine, melanzane, pomodori e sedano sul camioncino della madre.

Dopo gli toccò scaricare il tutto in cortile, aprire il bar, scaldare al microonde i croissant, fare i primi caffè, mettere in esposizione i bocconcini col prosciutto, commentare le partite della Champions League e le previsioni nefaste per il MotoGP della domenica, in cui ancora una volta Valentino Rossi si sarebbe fatto battere da Marquez. A lui piaceva Alonso e ancor più gli piaceva un rapper di nome Alonzo che aveva da poco scoperto e che con le moto non c'entrava un fico secco. Su questo argomento avrebbe avuto poco seguito, quindi si limitò a canticchiare mentalmente le poche frasi delle canzoni che ricordava a memoria e alle sette di mattina era già stanco morto.

In ogni caso, stanco o meno, dovette far buon viso a cattivo gioco e lavorò alacremente tutta la mattinata, ottenendo in premio dalla madre il permesso di farsi gli affari suoi nel primo pomeriggio, momento in cui aspettava la visita di Piru e in cui sperava di scrivere almeno le prime righe del racconto la cui consegna scadeva improrogabilmente l'indomani mattina. Dopo le prime righe il più è fatto, si diceva per convincersi, e tra un caffè e un bicchiere di bianco servito al bancone o ai tavoli rimuginava tra sé da che cosa avrebbe potuto incominciare: l'incipit era basilare, e poi come imbastire la storia, dove ambientarla e cosa far fare a quel suo personaggio Berto che aveva preso l'avvio nella sua testa fin dalla sera del martedì e che ora pareva osservarlo con rimprovero perché impaurito di rimanere un aborto. Alberto lo immaginava visivamente, seduto in fondo al letto, sconsolato perché lui non si degnava di provare a farlo muovere, a mettergli dei pensieri in testa, a insegnargli un sacco di cose, in modo che alla fine arrivasse a conoscere chi abitava al di là di quel muro che gli negava la vista del giardino che custodiva gelosamente.

Alberto manovrava caffè e creava nella sua testa, la materia non gli mancava con tutti i racconti del nonno, ma non faceva in tempo a prendere appunti su un tovagliolino che arrivava un cliente a distrarlo, a volatilizzare le sue idee, cosicché alle 13.30, quando apparve Piru in cerca di soccorso letterario, Alberto era sfinito, irritato, con una grande nebbia in testa, voglioso soltanto di prendere una boccata d'aria e fare due passi.

Piru accettò di corsa la proposta di camminare un po'. Anche lui doveva schiarirsi le idee: era lì per farsi aiutare da Alberto, ma un po' si vergognava. Lui non aveva pensato nulla, altro che scrivere qualcosa.

«Sono rassegnato alla bocciatura» disse mentre si incamminavano verso la piazza.

Alberto non gli rispose. Non aveva armi per rincuorarlo e nemmeno voglia di compatirlo. Aveva già promesso incautamente a quel disgraziato di Vasiliç di mettere la sua firma al racconto, non gli costava nulla proporre la stessa cosa a Piru. Un compito fatto in collaborazione aveva più valore che un compito pensato in solitudine, richiedeva ascolto, confronto, spirito di rinuncia e umiltà. Sì, aveva buone argomentazioni per difendere la sua scelta con la prof. di Lettere. Il vero problema era che il racconto non c'era.

Piru fu ulteriormente intimidito dal silenzio di Alberto. Si diede dell'inopportuno ficcanaso e non sapendo bene che pesci pigliare per togliersi d'impiccio e calmare quella sgradevole sensazione, buttò lì di getto: «Andiamo al Cottolengo. Vuoi? Io vado due o tre volte a settimana a suonare i tamburi con i sordomuti».

«Suonare ai sordomuti?» Alberto si riscosse dalla sua apatia e guardò il suo compagno come fosse un alieno. Non aveva mai sentito nulla di così assurdo.

«I sordomuti sentono perfettamente le vibrazioni, sono in grado di percepire le battute forti e quelle sussurrate e sanno distinguere il ritmo. In più hanno uno spirito di osservazione fantastico. Guardano muovere le mani e le imitano. Sono veloci, attenti, coordinati...»

Piru era partito in una concione appassionata, rivelando un lato di sé ignoto ad Alberto e scatenando la sua curiosità.

«Perché lo fai? Da solo? E da quando?» gli chiese.

Piru non rispose subito, infilò la viuzza stretta che conduceva all'ingresso della Piccola Casa della Divina Provvidenza, passò sotto l'arco di Via Cottolengo, girò a destra e suonò alla porta. Una suora venne ad aprire, lo accolse sorridente, diede la mano ad Alberto e disse che a quell'ora non c'era ancora nessuno. Sarebbero arrivati più tardi.

«Vedi, non sono solo. Qui dentro c'è il mondo intero».

«Già» borbottò Alberto.

«Io tengo questi corsi da volontario, come del resto tutti qui. E suono con altri amici congolesi. Abbiamo di recente fatto un gruppo e vogliamo incidere un CD. Lo vogliamo fare con loro».

«Con loro chi? I sordomuti?»

«Esatto. Sono bravissimi. Dovresti aspettare le quattro e sentirli suonare».

Alberto guardò l'ora e scosse la testa.

«Non posso. Devo tornare al bar e poi passare da mio padre...»

«Ti capisco. Mi dispiace per tuo padre e anche per tutto quel casino che è successo».

«Quale casino?» Alberto fece il finto tonto.

«Le botte a Vasiliç, Fatu e Siri chiuse in casa... sai, qui vengono anche loro...»

«Loro chi?» Alberto stava perdendo la pazienza. C'erano troppe cose di cui non si era mai accorto. Dove diavolo era vissuto tutto quel tempo?

«Loro... i senegalesi. Suonano altrettanto bene. Soprattutto uno è un vero maestro. Al suo paese era un *griot* e raccontava storie...»

«Sempre ai sordomuti!»

«Esiste un alfabeto apposta. Forse non lo sai?»

Per la prima volta la voce di Piru si fece più decisa. Possibile che Alberto fosse un tramortito del genere?

«Be', per concludere, lui suona anche la marimba, il baligné, la kora. In Africa non ci sono dei confini netti nelle tradizioni e qui si fa musica insieme per trovare il coraggio di stare al mondo, di essere in pace, cristiani e musulmani, e io non capisco perché quell'energumeno di Vasiliç vada sempre in giro a cercare guai e si mescoli con certa gentaccia. Lui è un bravo diavolo e si fa menare per il naso. Comunque hanno fatto bene i genitori di Fatu e Siri a chiuderle in casa...»

«A me pare che chiudere in casa qualcuno non sia una buona cosa... nel tuo mondo di pace e di abbraccio universale». Di colpo Alberto si era rianimato ed ebbe urgenza di tornare ai suoi doveri. «Okay, ho capito» aggiunse più mite. «Almeno credo di aver capito e ti ammiro. Però adesso devo scappare».

«E il racconto?» biascicò Piru.

«Già. Se riesco a venirne a capo, metto anche la tua firma. Ma non ti garantisco di riuscirci».

«Tu sei bravo a scrivere, quanto io a suonare il djembè. Ci riesci di sicuro» esclamò Piru con un sorriso largo fino alle orecchie. Era incredibilmente felice di essere riuscito nel suo intento.

Alberto abbozzò una smorfia di soddisfazione per il complimento e corse via. Fece un cenno alla suora portinaia, lei venne ad aprirgli e in un battibaleno lui fu di ritorno al bar.

Si rese conto soltanto allora che non aveva mangiato nulla.

Afferrò un panino al prosciutto cotto dalla vetrinetta, lo addentò affacciandosi sul retro per vedere se ci fosse bisogno di mettere in ordine qualcosa, bevve un bicchier d'acqua e si apprestò a dare il cambio a sua madre.

«Vai tu da pa', oggi?» le chiese gentilmente. «Io posso stare fino a sera».

Preferiva trafficare che correre al Maria Adelaide e poi non voleva assistere al trasporto di Vasiliç a casa: aveva le idee troppo confuse al suo riguardo. Continuava a non riuscire a collocarlo con certezza in una casella: farabutto, frustrato, solitario in cerca di affetto, aspirante criminale, semplicemente un pasticcione bonario che i suoi compagni difendevano a spada tratta... Chi era veramente l'ucraino?

«Non puoi farcela da solo» gli rispose la madre, ma non fece in tempo a finire la frase che Pavel, uno dei rumeni della classe, entrò al bar e dichiarò che loro tre, si intende i tre giocatori di rugby, si offrivano di aiutare Alberto a turno, fin tanto che il padre non si fosse rimesso in salute. Oggi toccava a lui. Alberto strabuzzò gli occhi. Non si aspettava una mossa del genere. Era nata spontaneamente, oppure avevano avuto l'imbeccata da qualcuno. La prof.?

«Piru ci ha detto che sei nelle curve ed eccomi qui» disse Pavel chiarendo i suoi dubbi.

La madre non era meno stupita di Alberto, ma colse l'occasione al volo.

«Grazie, ragazzi. Io vado allora» disse lanciando un'occhiata a suo figlio che significava: "Se combinate qualche guaio, ve la vedrete con me".

«Oggi sto io, poi domani vediamo» disse Pavel compiaciuto di aver fatto colpo e rimboccandosi le maniche della camicia, pronto per il lavoro. «Domenica purtroppo non siamo disponibili. Nessuno. Abbiamo la partita».

«Okay, nessun problema» borbottò Alberto.

Iniziò così un pomeriggio sorprendente quanto la mattinata, voluto e architettato da Piru.

Pur di non scrivere il racconto muoverebbe le montagne, pensò Alberto, mentre serviva birra e puliva i tavoli ascoltando con un orecchio le chiacchiere di Pavel sulla sfida della domenica: la loro squadra di Ciriè contro una molto forte di Novara.

«Per noi il rugby è stata la salvezza per trovare un modo di vivere bene anche in Italia» raccontava Pavel, da sempre il più loquace dei tre rumeni, mentre asciugava i bicchieri al banco. «Noi veniamo da Jassi, come tanti rumeni, e vogliamo tornare là all'università. Ma con che soldi? Se ci qualifichiamo ai regionali e poi agli interregionali o addirittura agli italiani ci potrebbero far giocare a rugby per la squadra dell'università. Altrimenti come facciamo? Qui è troppo caro. Se i nostri genitori vogliono stare qui, affare loro. Sgobbano dalla mattina alla sera e mandano i soldi a casa. Che senso ha? Se vieni qui a lavorare è perché vuoi vivere qui, non per mantenere quelli che se ne stanno in Romania con le mani in mano. Io credo che noi dobbiamo tornare là a studiare e lavorare».

Alberto faceva cenni di assenso, poco convinto tuttavia che in Romania tutti poltrissero aspettando le rimesse degli emigrati, ma a dirla tutta la testa gli scoppiava e avrebbe preferito il silenzio. In un bar si fanno troppe parole, pensò stizzito, per questo non ci sono mai stato volentieri. E il peggio doveva ancora venire.

Come la TV fece scorrere le immagini dell'ultimo attentato terroristico che faceva seguito a molti altri, che venivano passati in rassegna dal servizio in una macabra sequenza di morti, sirene, polizia, ambulanze, interviste strazianti, barelle, sangue, Pavel si scatenò in commenti feroci che a loro volta scatenarono un parapiglia tra i giocatori di carte e i clienti al bancone.

Alberto cercò di turarsi le orecchie e non sentire le urla e gli insulti, finché intervenne, cambiò canale e minacciò di mandare tutti fuori a scannarsi per strada. Le acque finalmente si calmarono.

«Sei venuto qui ad aiutarmi o a provocare risse?» disse poi tra i denti a Pavel.

Lui fece spallucce, stette zitto un po', poi non si trattenne.

«Noi non abbiamo nulla contro l'Islam» sussurrò con l'accortezza che fosse soltanto Alberto a sentirlo, «ma contro quei pazzi che seminano il terrore e si fanno saltare in aria, ammazzando gente innocente, sì. Se potessimo, li bombarderemmo tutti».

«Tutti? Tutti chi? Sarebbe meglio predicare un po' di pace che fantasticare di bombe...»

«Fregnacce. Siete tutti buoni qui. La gente viene in Italia perché qui si può fare tutto. Per dire, da voi c'è gente che guida con la patente comprata o scaduta e nessuno controlla. I cinesi poi, tutto in nero fanno, manco uno scontrino...»

«Non è vero. Non tutti». Alberto sbuffò. La discussione

gli stava stretta. Se il prezzo da pagare per essere aiutato era ascoltare Pavel, preferiva star solo.

«Va be', forse hai ragione. Non bisogna generalizzare» disse Pavel conciliante e sempre a voce bassa. «In ogni caso tu sei invaghito di una ragazza musulmana e non so proprio che cosa ne verrà. Ti vuoi convertire? Vuoi andare ad abitare laggiù? Sei pazzo solo a pensarlo».

«Perché no?» rise Alberto, stupito della fantasia che lo coglieva all'improvviso spazzando via le polemiche e i ragionamenti seri. «Una bella terra, fiori e frutti in abbondanza, il mare, la pesca, una vita tranquilla e... niente bar, niente avventori ubriachi di prima mattina, niente compagni spaccapalle o prof. esigenti. Sì, mi piacerebbe davvero».

Pavel lo guardò fisso negli occhi e rise anche lui.

«Un sogno a occhi aperti» bisbigliò.

«Forse» ne convenne Alberto. «Ma se ci rubano anche la voglia di sognare, che ci resta?»

«Già, sei un saggio, tu. Altro che noi giocatori di rugby». E, detto fatto, Pavel guardò l'ora, le sette, abbozzò un sorriso e si preparò ad andarsene.

«Domani viene Konstantin ad aiutarti. Io ed Elia andiamo all'allenamento. Il terzetto si separa. Apposta per te!» disse divertito salutandolo.

Alberto ricambiò la sua battuta con un'alzata di spalle. Doveva pazientare poco più di mezz'ora. A un quarto alle otto tornava sua madre. Giusto in tempo per lasciarlo andare a vedere che ne era di Vasiliç e della festicciola che i compagni avevano organizzato per lui.

La madre fu puntualissima.

«Ciao ma'. Come sta il papà?» chiese vedendola entrare e andare a posare la borsa sulla panchetta dietro il banco.

«Meglio. I medici dicono che si riprenderà abbastanza velocemente. Ma non sarà più quello di prima» rispose lei a testa china.

«Neanche io» scappò di dire ad Alberto.

La madre si rizzò e lo guardò di sottecchi, ritraendosi come se fosse stata punta da una vespa.

«Non aver paura» disse Alberto sorridendo. «Sarò meglio di prima».

«Ci vuol poco, allora» rise la madre, e lo congedò con un gesto espressivo della mano.

Alberto afferrò il giubbotto e scivolò fuori dal bar, facendo un cenno di saluto ai soliti giocatori di carte.

A quel punto il pensiero che avrebbe fatto meglio a rinchiudersi in casa di fronte al portatile, piuttosto che girovagare per Porta Palazzo, gli sfiorò il cervello, ma le chiacchiere di Pavel lo avevano completamente distolto dalla sua poverissima trama e quindi si ritrovava con un nulla di ideato che avesse un qualche costrutto.

Nel pomeriggio era uscito un bel sole caldo e il cielo si era fatto azzurro, limpido come non capitava sovente a Torino. Il vento aveva spazzato via lo smog e l'umidità e sullo sfondo di corso Regina si vedevano nitide le montagne nella luce rosata del tramonto. Come si fa in una sera così, con quell'aria tiepida di inizio estate che ti riscalda e ti solletica la voglia di amore, a rintanarsi in una stanza a scrivere? Neanche Joyce ci sarebbe riuscito. O forse lui sì, quando gli arrivava il flusso di coscienza probabilmente non riusciva a fermarsi e scriveva, scriveva come un matto. Non per nulla si chiamava flusso, era un qualcosa che corrispondeva all'idea della prof. sulla facilità di scrittura: lei adorava Joyce e ne parlava sempre, diceva che in lui viveva una sorta di magia espressiva, un'urgenza di mettere giù le parole una dietro l'altra, un impulso che non lasciava spazio a ragionare troppo sulla costruzione del romanzo. Una magia negata a Manzoni, che invece si scervellava a trovare il ritmo giusto, la parola perfetta, l'avverbio appropriato per ogni cacchina che volesse raccontare. "Cacchina" era una parola della prof. Chiamava cacchina tutto quello che non riteneva sostanziale nella vita. Alberto esitò un attimo, col dubbio se andare o meno nella stamberga di Vasiliç. Poi si disse che altre mete a quell'ora non ne aveva e che iniziare a scrivere alle nove o alle dieci non faceva differenza, e si buttò a capofitto nelle vie del Baloon.

Nella stanza di via Borgo Dora 6 era già in corso il festeggiamento.

La cosa incredibile era che i suoi compagni c'erano praticamente tutti, tranne le due bellezze senegalesi. Però non c'era il festeggiato, Vasiliç.

Che diavoleria è mai questa?, pensò irritato Alberto, incerto se farsi largo in quella bolgia vociante ammassata in scarsi dieci metri quadrati e sentendo di colpo la stanchezza della giornata. Fu tentato di andarsene subito, quando fu preso per mano da Carlita, che si produsse in un sorriso gioioso che la fece sembrare persino bella e lo invitò a gustare la sua torta da *Masterchef* con la panna montata.

«Vuoi mica cominciare dalla fine?!» proruppe a quel

punto Eros versandogli un bicchiere di dolcetto e indicandogli gli agnolotti fumanti in una terrina al centro del minuscolo tavolo adiacente ai fornelli. Tutti avevano portato qualcosa e si aggiravano mangiando e bevendo, ridendo e dandosi di gomito, come se quell'angusta stanzetta si fosse d'incanto trasformata nel salone delle feste di un antico palazzo principesco. Elia e Konstantin producevano un piatto di cavoli ripieni di carne che odoravano di cumino a un isolato di distanza, Marco e il suo amico cinese si erano improvvisati in un tipico piatto di riso con i germogli di bambù e poi c'erano il cous cous dei marocchini, i salami delle Langhe e il pane azzimo che chissà perché era lì. Di kamut oltretutto. Ad Alberto risultava che fosse stato inventato dagli ebrei che scappando dall'Egitto non avevano tempo di farlo lievitare, il pane. Ma forse era lì solo perché di moda. Insomma era una cena multietnica da manuale, una cena da *melting pot*. La prof. sarebbe impazzita di gioia a vederli insieme così. Pigiati, sudati, alticci, pregni di fumo e sopra ogni cosa perfettamente concordi e disinvolti nell'infischiarsi bellamente dell'assenza di Vasiliç.

Ad Alberto in quella calca cominciò a girare la testa.

Marco se ne accorse. Lo afferrò per un braccio e lo invitò a uscire fuori sul ballatoio. «Non ti chiedere troppe cose» gli disse. «Va bene così. Qui non c'è nessuno che non abbia una buona ragione per essere quello che è. Ognuno di noi vive come può. Anche Vasiliç cerca la sua strada e non è interessato a Fatu. Te lo garantisco. Non lo hanno ancora dimesso e per adesso rimane in ospedale. In buona compagnia...»

«In compagnia del piantone?» chiese ironico Alberto.

«Non del piantone... di Ana con un assaggio di ogni manicaretto che trovi qui. È lei l'anima della festa, non io, lei che ha messo in ordine le sue cose e pulito qui...»

Alberto guardò Marco con aria incredula.

«Mi prendi per i fondelli o che?» sbottò.

«Macché. Tu hai visto troppi film e non noti le cose semplici. E dato che stravedi per Fatu, ti consiglio di chiedere al padre di lasciarla tornare a scuola».

«Consiglio, il tuo, da antica saggezza cinese?» Alberto navigava in una nebbia impalpabile. Non ci poteva credere. Si era tormentato, colpevole, innocente, innocente, colpevole, per tre giorni, e quello se la filava con Ana la peruviana! Incredibile! Che presa in giro! Perché non dirglielo prima...

«In Cina gli uomini e le donne sono molto uguali» disse serio Marco a proposito del padre di Fatu e ignorando lo smarrimento di Alberto. «Uguali».

«Uguali» ripeté Alberto inebetito.

«Sì, uguali, siamo uguali. Tutti».

«Bene, bravi. Siete uguali e un po' ballisti, che con 'sta storia di Vasiliç, menato da questo o da quello, mi hai intortato per bene» bofonchiò Alberto. Si rizzò in piedi. Posò il bicchiere mezzo pieno sul minuscolo davanzale della finestrella del bagno, che quella sera di bere proprio non se la sentiva, e senza darsi la pena di salutare i compagni, si allontanò alla chetichella. Scivolò giù dalla scala di pietra, oltrepassò a passo spedito il gazebo e casualmente si imbatté nell'omone nero che lo aveva allontanato la sera che era comparso lì sulle tracce di Marco.

«È lei il padre di Fatu?» gli domandò senza preamboli, piantandosi ritto davanti a lui e chiedendosi da dove gli usciva quel coraggio.

«Sì, esatto. Che cosa vuoi? Dimmi» rispose l'uomo con un tono neutro, né conciliante né aggressivo.

Alberto si fece forza. «Vorrei che domani la lasciasse venire a scuola» disse d'un soffio. «Non succederà nulla di brutto. E chiuderla in casa non è bello. Io le voglio bene».

Non sapeva se era veramente quello che voleva dire, ma tant'è, la richiesta l'aveva formulata e il padre di Fatu lo fissava con i suoi occhi grandi. Era davvero un uomo gigantesco, con due spalle larghe e le braccia muscolose.

Adesso mi dà un cazzotto e mi stende, pensò Alberto. Ma non si ritrasse. Aspettò una risposta. Immobile e paziente.

«Ci penserò» gli disse l'uomo, e gli sorrise mostrando una corona di denti bianchissimi.

«Grazie» gli disse di rimando Alberto e filò via.

Adesso doveva scrivere il racconto, a tutti i costi.

Ora non gli restava che la notte del venerdì.

Alberto andò a casa. Chiuse la porta della sua camera. Mise in sottofondo la musica di Paolo Nutini. Aprì il PC e si piazzò seduto ritto di fronte alla tastiera. Se scrivo da sdraiato, rischio di addormentarmi, pensò.

Respirò a fondo, scrollò via il ciuffo dalla fronte, chiuse gli occhi, pensò intensamente a Joyce, poi a Fatu, poi a se stesso e al nonno, radunò le idee appuntate sui foglietti e nella sua testa e iniziò...

Ciao!
Ovvero il muro del nonno di Berto

Quando Berto, una mattina caldissima di luglio, partì con il nonno per andare in campagna, il suo umore era alle stelle. Poteva avere più o meno dieci anni ed era la prima volta che si allontanava dai suoi genitori, si sentiva grande e autonomo. La mamma gli aveva fatto mille raccomandazioni sul lavarsi i denti, nonché i piedi alla sera, aiutare il nonno nella spesa e in giardino, badare che non si stancasse troppo, e soprattutto fare i compiti delle vacanze che la quinta elementare era una classe impegnativa e lui doveva arrivarci preparato. Berto aveva ascoltato con attenzione, poi aveva fatto spallucce e adesso eccolo lì, dopo un viaggetto di neanche due ore, a girare la chiave del vecchio cancello della vecchia casa dei nonni.

«Un po' arrugginito» disse il nonno, «ma ancora saldo e funzionante».

«Perché non ci sei più venuto?»

«Era troppo triste qui senza la nonna. Ma noi due staremo benissimo».

Tutto sapeva di vecchio e trascurato. La ruggine sui cardini del cancello, foglie sparse in giardino, polvere sulle scale e dappertutto in casa.

Sembrava la casa delle streghe. I lenzuoli bianchi sui mobili li facevano apparire come dei fantasmi, i ragni avevano tessuto ragnatele enormi che legavano tra loro le lampade e i mancorrenti della scala, c'erano ovunque mosche morte e bioccoli di polvere e tutto era avvolto in una penombra malinconica.

Se questa era la loro avventura, doveva cominciare col dare aria, spalancare le finestre e fare una grande pulizia. Il nonno e Berto non si persero d'animo e si diedero un gran daffare: un'intera settimana passò tra stracci, aspirapolvere e scope, bisognava cambiare le lenzuola, scuotere le coperte, pulire i bagni e poi far la spesa e cucinare, raccogliere le foglie, tagliare l'erba nel prato e rastrellare le aiuole strappando via le erbacce. Finalmente la casa assunse un aspetto florido e luminoso.

Berto era soddisfatto, ma il nonno aveva un terribile cruccio: il muro di confine della proprietà.

Un muro della discordia che le nipoti, figlie di sua sorella, avevano tirato su per delimitare la parte di terreno che era spettata loro in eredità. «Non ci pensare» diceva Berto.

Ma non era possibile. Ogni giorno il nonno tornava lì.

«Si poteva trovare un accordo senza litigare e senza tirare su un muro» borbottava e, passando i giorni, si intristì.

E Berto si annoiò.

In paese non aveva amici. Il nonno, dopo la frenetica pulizia della casa, non aveva altre iniziative da proporgli e lui vagava da solo in giardino tra gli alberi, le aiuole e il muro.

«Perché detesti tanto quel muro?» chiese Berto una sera al nonno.

«Perché mi ricorda cose brutte. Tutti i muri dividono, separano, io di qua e tu di là, e sono brutti».

«Quali muri?»

«Oh, la storia è piena di muri» sospirò il nonno. «Tipo il Muro di Berlino». E senza dargli modo di metter becco incominciò a raccontare della Seconda guerra mondiale e poi della Guerra fredda, dei paesi liberi e di quelli no, insomma raccontò una storia appassionante che interessò Berto e gli fece passare la più bella serata da quando era arrivato lì in vacanza.

Il giorno dopo prese un foglio sulla scrivania del nonno e scrisse una lettera.

Ciao Franz,

io ti conosco dal racconto del nonno. So che vivi in un bel palazzo e vai in una bella scuola. Io invece vivo in una casa modesta uguale a tutte le altre, di mattoni rossi anneriti dal carbone che ci riscalda d'inverno. Una casa piccola senza TV, *ma con una radio che trasmette sempre musica classica, tipo Beethoven o Mozart. Forse anche a te piacciono i concerti. Lo spero tanto e vorrei fare la tua conoscenza, ma purtroppo siamo separati dal muro e da quell'orribile filo spinato che non ci permette di scavalcarlo. Il nonno ha detto che se ci scriviamo, le cose andranno meglio. Ha detto che basta la parola "ciao" per rompere ogni muro, anche il più solido.*

Rispondimi, così mi racconti come si vive di là e intanto intrecciamo una catena di "ciao" che passi sopra il muro, così tutti riusciranno ad andare avanti e indietro, e saremo più felici.

Firmato,

Tuo affezionato Berto.

Soddisfatto del suo lavoro, Berto ebbe il dubbio se far correggere la lettera al nonno, poi decise che il suo doveva essere un gioco segreto e mentre il nonno faceva il risposino, andò a ispezionare il muro in giardino.

Lo percorse in lungo e in largo e lo trovò tutto liscio e uniforme. Il cemento a volte era macchiato di umido, a volte era un po' ruvido e si intravedeva qualche imperfezione, ma non sembrava possibile scavalcarlo in nessun modo. A guardare bene però c'erano dei buchi, fatti forse per far scorrere l'acqua quando pioveva. Berto tornò a casa, arrotolò la sua lettera, la mise in un sacchetto di plastica, la infilzò con un bastone, si arrampicò mettendo i piedi in quei buchi tanto da alzarsi un metro da terra e la fece passare al di là del muro.

Adesso doveva soltanto aspettare se c'era qualcuno disposto a rispondergli.

Rientrato in cucina trovò il nonno pronto per uscire e andare in paese a far la spesa. Finalmente aveva ripreso vigore e prendeva qualche iniziativa.

In paese incontrarono un'anziana signora, amica della nonna, che camminava col bastone, la parrucchiera e un uomo che vendeva le tome fatte da lui col latte delle sue pecore al piccolo negozio di alimentari sulla piazzetta. La parrucchiera disse al nonno che sua figlia Martina andava sempre in bicicletta da sola e lei non era contenta... se mai Berto avesse potuto andare con lei sarebbe stato magnifico.

Berto fece i salti di gioia e il nonno, tornato a casa, tirò fuori dal garage la sua vecchia bicicletta, gonfiò le gomme, lavò con l'alcool i freni, abbassò il sellino, aggiustò il campanello, legò un cestino sopra la ruota posteriore e consegnò quel gioiello a Berto, raccomandandogli di andare soltanto sugli argini delle risaie e non sulla strada provinciale dove passavano le auto.

Da quel pomeriggio la vacanza per Berto assunse un altro colore.

Peccato che fossero già passati una decina di giorni e non gli restasse troppo tempo per scoprire chi abitava al di là del muro.

Per i primi giorni si tenne per sé il segreto. Poi non ce la fece più e lo condivise con Martina. Le raccontò della lettera e della speranza, vana fino ad allora, che qualcuno rispondesse.

«Scrivi un'altra lettera» gli consigliò il pomeriggio dopo Martina. «Insisti. Il cancello è sempre chiuso, ma non possiamo sapere se c'è qualcuno che va e viene, magari quando dormiamo».

«Quando dormiamo?» chiese Berto perplesso.

«Sì, potrebbero essere degli spiriti o dei fantasmi che si muovono soltanto di notte».

Berto non aveva pensato ai fantasmi, ma la cosa lo incuriosiva, così quella stessa sera interrogò di nuovo il nonno.

«Nonno, sai di qualche altro muro?» gli chiese.

«Oh sì. I muri sono tanti». E senza che Berto dovesse insistere gli raccontò del muro che gli israeliani avevano costruito intorno a Gaza in Palestina, perché là c'è una guerra infinita che oppone i due popoli e nessuno dei due è capace di concepire la pace.

La sera stessa Berto prese un foglio e scrisse un'altra lettera.

Ciao Moussa,

io vivo a Tel Aviv e mia madre è una giornalista che è venuta molte volte a fotografare le strade della tua città e ha visto tanti bambini come te che soffrono per questa orribile guerra. La mia mamma è ebrea ed è nata in Russia, dove gli ebrei sono stati perseguitati e cacciati dai loro villaggi. Così i miei nonni sono scappati e sono venuti a Gerusalemme per trovare un posto dove vivere in pace. Però a Gerusalemme la pace non c'è. A me dispiace un sacco e vorrei poterti incontrare e andare a scuola insieme. Gli adulti invece hanno costruito un muro che ci separa e poi ci sono i carri armati e le mitragliatrici, gli attentati e le bombe e tanta propaganda che ci mette uno contro l'altro. Il nonno dice che basterebbe dirsi "ciao" tutte le mattine, guardarsi negli occhi e sorridere e questa orribile guerra finirebbe. Rispondimi e dimmi che ne pensi. Intanto intrecciamo una catena di "ciao" che attraversi tutto il deserto al posto delle mine che sono pericolosissime, così potremo salutarci di persona e darci la mano.

Firmato,

Tuo affezionatissimo Berto

L'indomani mattina Berto arrotolò la sua lettera, la mise in un sacchetto di plastica, la infilzò con un bastone e la fece passare al di là del muro.

Poi corse a prendere la bicicletta e andò in paese a cercare Martina.

Passarono diversi giorni. Berto e Martina scorrazzavano

nella campagna tutto il giorno, erano abbronzati e allenati da tante pedalate, ma il mistero del giardino circondato dal muro di cemento rimaneva. Le risposte tanto attese non arrivavano. Ciò voleva dire che le case erano disabitate, che nessuno ci viveva più, oppure gli spiriti e i fantasmi usavano le lettere di Berto per accendere i camini e riscaldarsi?

«Manda una terza lettera» gli consigliò Martina. «Non c'è due senza tre».

«Lo dice sempre anche mia madre» rise Berto.

E alla sera di nuovo interrogò il nonno.

Il Muro di Berlino e quello di Gaza erano i più facili da raccontare, ma il nonno si aspettava che prima o poi Berto sarebbe tornato a chiedergli altre storie, così aveva sfogliato i libri della sua biblioteca e risvegliato i ricordi della sua mente, un po' arrugginita come il vecchio cancello, e si era preparato una lunga lista.

«I muri sparsi nel mondo testimoniano dell'incapacità degli uomini a coltivare la pace e i buoni sentimenti» disse il nonno a Berto. «Sono sempre gli uni contro gli altri, gli uni separati dagli altri, gli uni diversi dagli altri, gli uni superiori agli altri. Non è bello questo. I muri sono simbolo di storie tristi e complicate».

«Lo so» disse Berto. «L'ho capito. Il muro c'è quando il cuore è freddo, duro, gelido e pensa solo a se stesso ed è arrabbiato con gli altri...»

«È così, Berto, proprio così. Come il mio muro della discordia. E quanti sono! Pensa al confine fortificato tra il Messico e il Texas, alla barriera tra le due Coree, al muro eretto tra sciiti e sunniti a Adhamiya in Iraq, alla muraglia cinese... al muro minato che c'è nel deserto algerino...»

«Un muro nel deserto? Perché se c'è il deserto bisogna dividerlo con un muro?» chiese Berto.

Il nonno allora raccontò del popolo Saharawi, cacciato dalle sue terre in riva all'oceano Atlantico e costretto a vivere nelle tendopoli del deserto tra la polvere e i sassi, al di là di un lungo muro. Berto era talmente stupito di quella storia che si fece raccontare tutto quello che il nonno sapeva dei clan, delle famiglie, delle loro tende e delle loro tradizioni e poi di nuovo, prima di addormentarsi, prese carta e penna e scrisse la sua terza lettera.

Ciao Thali,

io mi chiamo Berto e abito in Spagna, in un paese che si affaccia sul mare, il Mediterraneo. Ti scrivo perché vorrei che tu venissi a trovarmi così potresti vedere il mare. Io so che abiti nel deserto più deserto che ci sia, di terra e pietre, e che ti piacerebbe toccare la schiuma delle onde che sbattono contro le rocce e si allungano sulla spiaggia. Io poi vengo a trovare te, così possiamo giocare insieme a calcio, che è la mia passione, e tu puoi farmi conoscere i cammelli dal pelo tutto bianco che il mio maestro ha detto che sono speciali. E con te posso dormire all'aperto e contemplare le stelle che è una cosa bellissima. Se sei d'accordo, rispondi alla mia lettera e intanto possiamo intrecciare una catena di "ciao" che attraversi il mare spinta dalle onde e dal vento, in modo da conoscerci meglio e sentirci più vicini.

Firmato,

Tuo affezionatissimo Berto

Il mattino dopo Berto, come le due volte precedenti, arrotolò la sua lettera, la mise in un sacchetto di plastica, la infilzò con un bastone e la fece passare al di là del muro.

Poi corse a far colazione col nonno e gli propose di fare una passeggiata in paese. In bicicletta con Martina sarebbe andato nel pomeriggio. Il nonno accettò di buon grado, si armò di cappello e bastone e insieme si avviarono con passo svelto verso la piazzetta del paese.

Andarono al caffè, il nonno prese un espresso lungo e macchiato e Berto chiese una spremuta di arance.

Poi si sedettero al tavolino fuori e guardarono il passeggio. Non era un divertimento folle, ma voleva dire che il nonno si sentiva meglio e aveva voglia di farsi vedere in giro. Magari alla fine del mese avrebbe anche parlato con qualcuno e ripreso le antiche abitudini di giocare a scopone con gli anziani della bocciofila. Berto intanto fantasticava sul fatto che lui e Martina erano arrivati in bicicletta fino alla piscina del paese vicino, San Martino, e volevano chiedere il permesso di andare a farsi una nuotata. A meno che nel giro di due giorni qualcuno rispondesse alle lettere. Insomma si erano dati due giorni per pazientare, prima di avanzare la richiesta.

Mentre era lì a sorseggiare la spremuta e a pensare alle decisioni prese con Martina, sulla piazzetta si affacciò un macchinone nero, una Audi, da cui scese una signora di una certa età con una ragazzina per mano.

La piazza si voltò a guardarle. Cioè, non una persona o alcune persone, no: tutte, proprio tutte quelle che erano lì puntarono gli occhi su di loro. Pareva che la piazza stessa si fosse girata per seguire i movimenti di quelle straniere.

Ma erano veramente straniere? O semplicemente non si facevano vedere da anni?

Più probabile la seconda ipotesi, perché nel giro di pochi minuti arrivò la proprietaria del caffè, si chinò sul nonno e gli disse all'orecchio, ma non così piano che gli altri non potessero sentire:«La vede quella signora? Elegante. Una vera signora di città. Con quella nipotina! Una smorfiosetta viziata che non parla con nessuno, nemmeno pare che senta quando le parli...»

Il nonno divenne pallido, si agitò sulla sedia alla ricerca del bastone che era scivolato in terra.

Berto ebbe paura che cadesse e si facesse male. Invece si alzò di scatto, andò a pagare e ordinò a Berto di seguirlo di corsa.

«Mi dispiace che vi agitiate così» disse la donna. «Io pensavo che sapeste la storia».

«Quale storia?»

«Il divorzio di vostra nipote, la malattia dell'altra, la vendita...»

«Oh, non le ho più né viste né sentite quelle due, e non voglio sapere niente» la interruppe il nonno e strattonò Berto per tornare a casa il più in fretta possibile.

«Non uscirò più» gli disse poi quando, affannato, girò la chiave del cancello.

Berto in tutto quel trambusto non aveva pronunciato una sola parola. Mangiò col nonno in silenzio, poi inforcò la bicicletta e andò da Martina.

«Entro domani avremo le risposte» le disse.

«Sono arrivati i fantasmi?» chiese ridendo Martina.

«I fantasmi no. O meglio non veri e propri fantasmi, ma ugualmente fantasmi».

«Sei rinscemito?»

«Può essere. Aspetta e vedrai. Oggi pomeriggio ci appostiamo sotto il muro».

«Che barba!» sbottò Martina, ma l'attrazione verso i misteriosi abitatori del giardino dietro il muro era più forte di qualsiasi voglia di ribellione. Afferrò la bici per il manubrio, la spinse fino alla strada sterrata nei campi, poi insieme pedalarono fino al cancello di Berto e, tenendosi per mano, andarono a sedersi sotto il grande tiglio e lì stettero ad aspettare.

«Succederà qualcosa?» chiedeva ogni tanto Martina, impaziente.

«Speriamo» rispondeva Berto, ben determinato a non mollare.

Per una buona ora non successe niente. Poi sentirono un frusciare di foglie, un rumore di corsetta veloce e alzando la testa videro volteggiare su di loro un bigliettino ripiegato più volte.

Scattarono in piedi per afferrarlo, Berto lo prese, lo strinse forte nella mano, fece cenno a Martina di stare zitta, tornò a sedersi nella posizione di prima, lo aprì facendo ben attenzione a non strapparlo, fece avvicinare Martina al suo fianco, aspettò paziente che lei si sistemasse la gonnellina per bene sotto il sedere e, quando furono entrambi comodi e rilassati, iniziò a leggere.

Ciao Berto,

io mi chiamo Lisa e mia nonna possiede le case in questo bel giardino. Io non conosco i muri di cui tu parli nelle tue lettere, però conosco il muro del silenzio e anche quello del vuoto per la perdita dei miei genitori e poi conosco questo muro. Quando vengo qui, mi accuccio ai suoi piedi, proprio dove tu hai lasciato le tue lettere, e sogno di riuscire ad aggrapparmi al ramo alto dell'albero e fuggire. Fuggire lontano... Se i ragazzi che tu inventi nei tuoi racconti hanno usato le tue catene di "ciao" sicuramente sono riusciti a scavalcare i loro muri. Quindi adesso intreccia una robusta scala di "ciao" e vieni a liberarmi.

Firmato,

Tua affezionata Lisa.

Berto e Martina si commossero a quelle parole. Aveva risposto una bambina triste che però aveva voglia di combattere la sua solitudine. Quindi loro dovevano provare seriamente a scavalcare quel muro.

Berto corse a casa, prese un foglio e scrisse rapido un messaggio.

Ciao Lisa,

domani verrò a conoscerti con la mia amica Martina. Ho visto un punto dove un ramo del tiglio grande passa sopra il muro. Mi arrampico fin lì e poi salto giù. Fatti trovare all'altezza del tiglio verso le due del pomeriggio. Mio nonno a quell'ora fa il sonnellino, forse anche tua nonna riposa e nessuno ci vedrà.

Firmato,

Tuo affezionato Berto.

Il giorno dopo fu il giorno più impegnativo di tutta la vacanza. Si trattava di mantenere la promessa e di scavalcare davvero quel muro di cemento. Martina arrivò presto da Berto, armata di una corda che aveva trovato nel fienile e che serviva per legare le zampe delle capre perché non scappassero, quando dovevano allattare i piccoli.

«Si chiamano pastoie» disse tutta contenta di avere anche lei qualche conoscenza particolare, non solo Berto con i suoi muri. Le aveva raccontato le sue lettere e lei non ci aveva capito molto. Comunque le pastoie si rivelarono utili.

Berto le lanciò in aria parecchie volte finché riuscì a farle passare sul ramo del tiglio. Poi sistemò il panchetto trovato in cantina per alzare le damigiane da terra quando si imbottigliava il vino e ci salì sopra. In quel punto il cemento si era consumato negli anni creando piccoli appigli, quindi puntando i piedi e aggrappandosi alla corda Berto arrivò ad afferrare il ramo e a issarsi sopra il muro. Ora si trattava di scendere e la cosa sembrava ancora più difficile. Mentre trafficava coi rami nel tentativo di calarsi un po', prima di saltare a terra, col rischio di rompersi una gamba, arrivò Lisa con una scala a pioli. La appoggiò al muro e Berto scese comodamente. Le disse «Ciao» e si presentò. Parlò a lungo per spiegare le difficoltà della salita e la paura di cadere e di scivolare e sommerse di parole Lisa, la quale faceva dei cenni col capo, ma non diceva nulla. Dopo un po' lo mollò lì dov'era, si arrampicò sulla scala, salì in cima al muro tenendosi al ramo, tirò su la scala, la fece scendere dall'altro lato e con grandi gesti invitò Martina a salire. Poi facendo tutta la manovra al contrario scesero entrambe nel giardino, dove Berto schiumava di rabbia per non averci pensato per primo.

«Mi avevi già abbandonato!» lo aggredì Martina.

«No... è che...» farfugliò lui mortificato.

«"È che" un corno fritto. Volevi startene da solo. Esplorare il giardino da solo con lei!»

«Da solo? Da solo, con te, con lei... va tutto bene. L'importante è che lo abbiamo scavalcato».

«E che nessuno ci ha sparato addosso» disse più calma Martina, «o spinto o annaffiato d'acqua o tutte quelle cose brutte che ci fanno vedere in TV».

«Ecco, vedi, hai capito. Bravissima» esclamò Berto.

Lisa li guardava muta: osservava i loro gesti, coglieva le loro espressioni prima seccate, poi sorridenti, e si produceva in mille segni perché smettessero di parlare e andassero con lei e i suoi cani a giocare. Voleva correre con loro per il giardino e intorno al laghetto e alla fine così fecero per un'ora, tra risate, giochi a rimpiattino, rialzo, nascondino. Poi tutti e tre dovettero andare e fecero il patto che i loro incontri rimanessero un segreto, mettendo un dito sulle labbra.

Per alcuni giorni Lisa, Martina e Berto si ritrovarono a giocare insieme nell'ora del sonnellino dei nonni, soli, all'insaputa di tutti, tranne dei due labrador, uno bianco e uno nero, che li seguivano dappertutto. Poco importava che Lisa non pronunciasse parola. Se la intendevano a meraviglia.

Poi un pomeriggio Berto mancò la presa del ramo e

volò in terra strisciando contro il muro. Arrivò a casa tutto graffiato, con una spellatura sulla mano e un livido sul ginocchio, e il nonno preoccupato gli chiese spiegazioni. Berto avrebbe potuto fingere una caduta dalla bicicletta, ma non volle mentire.

«Andiamo a giocare di là» disse. Martina, che era con lui, sussultò, ebbe paura della reazione del vecchio, inforcò la bici, pedalò veloce e si allontanò verso casa sua.

«Di là? E chi c'è di là?» tuonò infatti il nonno adirato.

«C'è Lisa» bisbigliò Berto.

«Lisa? E chi è?»

«La bambina che vive al di là dal muro».

«Come hai fatto a conoscerla?»

«Le ho parlato attraverso una fessura del muro. Anzi, no. Le ho scritto, perché lei non parla».

«Ma che diavoleria è questa?» Il nonno stava perdendo la pazienza.

«Nessuna diavoleria. Anche il Muro di Berlino è stato distrutto. Quindi se vogliamo possiamo abbattere anche questo» disse Berto in un soffio.

Il nonno non chiese più nulla. Gli disinfettò le piccole ferite e poi lo lasciò andare a cercare Martina in paese.

Il giorno dopo andò a suonare al cancello dei vicini. Gli tremavano le gambe e sentiva il sudore freddo colargli nel collo della camicia.

Venne ad aprire la signora del macchinone nero, seguita dai due cani. I labrador con cui Berto gli disse di aver giocato nel laghetto con la fontana, che lui ricordava benissimo.

«Buongiorno, volevo conoscerla» disse timidamente il nonno, presentandosi.

«Ah, lei è il vecchio proprietario» esclamò la signora con aria cordiale.

«Vecchio sicuro...»

«Sono anni che la villa è chiusa e in paese dicevano che lei...» la signora si bloccò.

«Che ero morto?» l'aiutò il nonno.

«Esatto».

«Così avevo voluto far credere. Avevo mandato io stesso una lettera anonima al parroco, in cui si diceva che ero morto e sepolto per mia volontà in un paese straniero. Non ne volevo più sapere di questo posto».

L'anziana signora non rispose. Continuava a scrutarlo, come se dovesse prendergli le misure per cucirgli un abito addosso.

«Sa com'è» cercò di chiarire il nonno. «C'erano stati tanti litigi e poi un brutto muro di cemento... Insomma questo posto mi portava brutti sogni, brutti ricordi, un brutto presente. Lo vede anche lei... ovunque si tira su un muro, c'è una ferita. Un segno di inciviltà, e io sto male solo a pensarci e... e poi ho vissuto fin da bambino in questo bosco e non posso vivere senza vederlo ancora».

«Venga, entri» gli disse allora gentilmente la signora.

Il nonno entrò e fece un giro nel giardino della sua infanzia come in un sogno. Non era cambiato molto. I grandi alberi avevano impedito al sottobosco di crescere, per cui anche i cespugli era rimasti bassi e lui poteva riconoscere le zone di luce e quelle di ombra, che richiedevano un bel coraggio a lui bambino per essere esplorate.

Il nonno si commosse quel pomeriggio, e la signora lo capì e lo invitò ad andare anche i giorni seguenti e invitò anche Berto e Martina, senza bisogno che scavalcassero il muro e rischiassero di farsi male.

E così, anche se i ragazzini erano un po' delusi che fosse stata svelata la loro impresa segreta, il mistero della casa disabitata si chiarì e il nonno e la signora, che aveva comprato la proprietà dalle nipoti dopo le loro vicissitudini di separazioni e di malattie, decisero di chiamare un'impresa e tirare giù quell'orribile muro. Non ci volle molto tempo. Le macerie furono portate via, il terreno fu spianato, fu seminata l'erba e costruita una staccionata con dei bei tronchi di castagno. Un cancelletto in legno tenuto chiuso da un piccolo chiavistello permise a Berto, Lisa e Martina di andare e venire liberamente e giocare insieme. I cani, si sa, delle staccionate se ne fanno un baffo e andarono allegramente di qua e di là.

Così l'estate trascorse tra mille attività, chiacchiere, giochi e passeggiate.

Il nonno ritrovò il sorriso e la signora il suo buon umore.

Lei era rimasta sola con quella nipotina. Una bambina deliziosa, spiritosa e loquace diventata improvvisamente muta dopo il terribile incidente d'auto in cui aveva perso i suoi genitori, salvandosi per puro miracolo. Da allora non aveva più pronunciato una sola parola, ma chissà... con l'aiuto di Berto e di Martina, un muro abbattuto avrebbe potuto fare un altro miracolo!

Alberto guardò l'ora. Erano le quattro del mattino, ma la storia c'era. Contò le battute. Tantissime. Poteva benissimo essere scritto da tre persone.

Lo stampò e lo firmò a nome suo, di Vasiliç e di Piru.

Si sentì felice. Ce l'aveva fatta. Grazie a che cosa non lo sapeva, ma ora tutto gli pareva in discesa. Suo padre sarebbe guarito, lui avrebbe aiutato al bar, sarebbe stato promosso e anche il resto...

Rinunciò a dare un nome alla sua passione per Fatu, rilesse a bassa voce la storia, gli piacque, sospirò e spense la luce.

Lo aspettava una giornata campale e voleva recuperare un po' di forze.

Sabato

Quello che arrivò a scuola il sabato mattina con cinque minuti di anticipo rispetto al suono della campanella era un Alberto diverso. Diverso dall'Alberto schivo, scontroso e assente di sempre. La settimana era stata per lui una vera rivoluzione.

Entrò in classe sorridente, tenendo con orgoglio in mano il suo racconto e ansioso di depositarlo sulla cattedra della prof. di Lettere. I compagni lo salutarono affettuosamente, si dispiacquero che fosse andato via così presto dalla festicciola a casa di Vasiliç, lo aggiornarono sulle scarse novità scolastiche degli ultimi giorni e gli manifestarono comprensione per le difficoltà che la malattia improvvisa del padre aveva creato nella gestione del bar. Lui ricambiò le gentilezze, senza smancerie e senza tante parole, e andò a sedersi al banco.

Capì subito che quella mattina ci sarebbero stati alcuni assenti. Era l'ultimo sabato di scuola, per quell'anno.

Konstantin gli disse che Elia e Pavel erano andati all'allenamento e lui no, perché nella partita di domenica giocava in riserva, quindi si era tenuto libero per dargli una mano al bar nel pomeriggio.

«Non è che potreste ingaggiarci, tu e tua madre?» gli sussurrò in un orecchio, sedendosi vicino a lui, tanto Sergio non sarebbe arrivato di sicuro. In virtù del suo sogno di trasferirsi in Costa Rica a produrre gelati al mango, il sabato marinava abitualmente la scuola per andare a confezionare coni ovunque gli offrissero un impiego.

«Adesso va alla gelateria Marchetti» disse Konstantin rispondendo alla domanda implicita di Alberto su come se la passasse il suo vicino di banco, del quale gli mancavano i pettegolezzi giornalieri e i commenti sulle riviste di cucina, che Sergio si portava sempre appresso per leggiucchiarle di nascosto.

«Ingaggiarvi, in che senso?» bisbigliò Alberto reagendo a rilento alla richiesta del rumeno.

«Nel senso di darci una paghetta per le ore al bar».

«Credo che mia madre stia pensando a organizzare un aiuto, perché da soli non ce la facciamo, ma non so...»

«Potresti perorare la nostra causa» insistette Konstantin, sfoderando anche lui come Marco un italiano perfetto. Hanno imparato tutti a parlare negli ultimi cinque giorni, pensò Alberto in cuor suo. Ma non rispose. Era troppo intento a perlustrare la classe. Oltre a Sergio, mancavano Piru, le due ragazze senegalesi, Marco e Vasiliç. Ovvero i protagonisti della sua settimana, e la prof. era stranamente in ritardo.

La campanella suonò e di lei non si vide l'ombra.

I compagni presero a parlottare e scherzare a toni più alti,

Konstantin si spostò in cerca di una compagnia più amena e Alberto persistette nei suoi ragionamenti. In quanto a Fatu e Siri, non nutriva alcuna speranza che comparissero. Non si poteva di certo illudere che le parole dette al padre la sera prima fossero sufficienti a smuovere la volontà di quel pezzo d'uomo. A ripensarci si riteneva però soddisfatto di aver trovato l'ardire di rivolgergli la parola e di aver espresso chiaramente il suo parere sulla crudeltà e l'inutilità di tenere segregate le ragazze. Gli pareva, a ben vedere, un sopruso di stampo medievale, piuttosto che una misura di sicurezza per evitare l'eventualità di nuovi spiacevoli approcci. Fugò subito una simile ipotesi, infastidito al solo pensiero dell'intera faccenda che aveva incupito e problematizzato la sua settimana, già complicata da vicende familiari e scolastiche non indifferenti. Ne aveva davvero abbastanza e voleva guardare al futuro. E quanto a quest'ultimo, una cosa era certa: si era tradito col padre di Fatu e non aveva fatto mistero di quanto la ragazza gli piacesse. Aveva fatto bene o male? Difficile a dirsi. In ultimo il padre sembrava ben disposto e ormai "Quel che è fatto è fatto", si disse Alberto facendo spallucce. Se Fatu non fosse venuta quel sabato, mancava ancora qualche giorno alla fine della scuola e prima o poi sarebbe comparsa. Se no, sarebbe andato lui a cercarla.

Confortato sulla sua determinazione a stabilire un contatto con la bella senegalese, pensò che anche dell'assenza di Piru non c'era da stupirsi. Gli aveva fatto chiaramente capire che lui era impegnato a suonare con i suoi amici per preparare i concerti del pomeriggio e della sera.

«Fare andare a scuola i ragazzi di Porta Palazzo il sabato

mattina è un'idiozia bell'e buona» disse rivolto a Konstantin, che si era riseduto al suo fianco e sbadigliava annoiato.

«Sono d'accordo» borbottò quello ritornando sottilmente sull'argomento del lavoro al bar. «Mattinata persa».

Alberto di nuovo non gli diede retta e continuò a vagare con gli occhi in giro per la classe. Che Vasiliç non ci fosse era ovvio, ma come mai Marco non si era fatto vedere? Il cinese non adduceva mai scuse per mancare da scuola, era il primo ad arrivare e il primo a uscire, sempre puntuale. Forse era successo qualcosa a Vasiliç e poi, a ben guardare, mancava anche Joan, che a dir la verità era assente da un bel pezzo e di cui i rumeni al bar non avevano voluto parlare, precisando che loro con lui c'entravano come i cavoli a merenda. «Rumeni d'accordo, siamo tutti rumeni, come voi siete tutti italiani. Ma non siamo mica tutti uguali» aveva sentenziato Pavel, che con Joan non voleva spartire neppure un cappuccino. Adesso, di colpo, ad Alberto venne il sospetto che Joan c'entrasse con la vicenda di Fatu, Vasiliç e company. Lui sì che era un vero malavitoso, nessuno l'aveva più visto a scuola e nessuno aveva fatto il suo nome. Di certo uno come Joan non si sarebbe tirato indietro rispetto ad aggressioni e false accuse e avrebbe potuto prendere di mira l'ucraino. E se fosse stato lui il tipo tarchiato di cui tanto si era parlato? Lui ad averle suonate a Vasiliç, che aveva sventato il suo piano di imboscata proditoria nei confronti di Fatu e Siri? Alberto l'aveva visto soltanto di spalle e soltanto per un attimo prima che svoltasse dietro l'angolo del caseggiato: era più che verosimile che non l'avesse riconosciuto. Se questa ipotesi fosse stata corretta, si disse, la reticenza di Vasiliç a raccontare il vero sarebbe stata ampiamente giustificata. Con che fegato, infatti, avrebbe potuto accusare uno come Joan? Quello gliela avrebbe fatta pagare cara e salata la sua spiata! E di botte l'ucraino ne aveva già incassate a sufficienza. Di nuovo Alberto prese ad arzigogolare, su e giù col pensiero, ma ancora una volta decise che non era quello il momento per mettersi nei panni dell'investigatore. C'erano cose più urgenti cui prestare attenzione. Il fatto era che la prof. tardava ad arrivare e la classe cominciava a rumoreggiare. Alberto ebbe paura che non venisse, fosse malata o occupata altrove e allora tutta la sua nottata sarebbe andata in fumo, il suo lavoro perso, sprecato, inutile. Si agitò sulla sedia, arrotolò il compito e se lo passò da una mano all'altra, nervoso.

Finalmente lei arrivò e Alberto tirò un sospiro di sollievo.

Tutti si mossero con un discreto baccano e senza troppa volontà di tirarsi ritti in piedi, ma tant'è, fecero il gesto, cui di rimando lei fece quello di stare pure seduti.

«Vedo un unico soggetto della mia richiesta di scrivere un racconto» disse poi percorrendo i banchi con lo sguardo e fissando Alberto dritto negli occhi, ancora prima di sedersi e fare l'appello.

Lui non stava più nella pelle, non riuscì a trattenersi, si alzò di scatto e andò alla cattedra.

«Ecco. L'ho scritto io, ma nelle idee hanno collaborato anche Piru e Vasiliç e quindi è firmato da tutti e tre».

«Collaborato nelle idee?» chiese la prof. scettica.

«Sì, certo. Vasiliç non poteva scrivere in quelle condizioni».

«Ovvio. Ho saputo di tutta la vicenda» disse la prof. sedendosi e sistemando plichi di fogli e cartelline sulla cattedra. «È ancora in ospedale. Io l'ho sempre detto che prima o poi quel ragazzo si metteva nei pasticci».

Alberto deglutì, ma non disse nulla.

«Vasiliç è un ingenuo, grande e grosso e sbruffone, sempre pronto a menar le mani» continuò la prof. «Non è la prima volta che deve rendere conto alla polizia di qualche fatto sospetto, però avrei trovato strano che si fosse spinto a importunare una ragazza... Infatti, nelle indagini è saltato fuori un altro ragazzone ancora più muscoloso di lui, ben noto in questura. Non si capisce se siano venuti alle mani per un contrasto tra di loro, oppure perché Vasiliç si è messo di mezzo a dargli fastidio. Forse Joan? Voi ne sapete qualcosa? L'avete più sentito?»

Alberto restò muto. Stringeva il plico per non dare a vedere quanto le mani gli tremassero. Cavolo, anche lui aveva appena pensato a Joan, ma parlare adesso avrebbe voluto dire aprire un dibattito e a lui premeva una cosa sola: che la prof. si decidesse a guardare il suo compito. Per fortuna le sue domande caddero nel vuoto. Nessuno fiatò. I compagni si scambiarono occhiate interrogative, più d'uno fece spallucce e infine Carlita, a nome di tutti, dichiarò che non sapevano nulla di nulla a proposito di Joan.

«Allora soprassediamo e torniamo al compito» dichiarò la prof. Allungò una mano verso Alberto per farsi porgere il plico arrotolato e aggiunse: «Vasiliç d'accordo, ma Piru? Neanche lui era in condizioni di scrivere?»

«Prof.» sbottò Alberto che era rimasto sulle spine, impassibile, tutto quel tempo, «ma lei si è veramente guardata intorno?»

La prof. lo fissò incredula e ritrasse la mano. I compagni, che avevano ripreso a chiacchierare, drizzarono le orecchie e tacquero di botto.

«Mi scusi» Alberto rettificò il tono temendo di aver esagerato, «ma lo vede bene in che mondo viviamo. La maggior parte di noi è da sola a sfangarsi la scuola, le giornate, i compiti, immersa in problemi più grandi di noi, e qualcuno ha pure delle aspirazioni. Ecco, Piru è uno di quelli. Lui vuole fare il suonatore di djembè e lo suona bene davvero, glielo posso assicurare. Lo insegna persino come volontario ai sordomuti al Cottolengo. Ma non è in grado o non vuole scrivere un racconto, perché la parola djembè, che è l'unica che lo interessa, è troppo lunga...»

«Andava bene *figa* per Vasiliç» disse qualcuno al fondo della classe suscitando risolini e commenti sguaiati.

«A parte queste spiritosaggini... le parole devono essere "sentite" per ispirare qualcosa» disse Alberto ormai incurante di ogni ascoltatore e indifferente a ogni prudenza. «Io comunque l'ho trovata di quattro lettere, anzi ne ho trovate due, una la conseguenza dell'altra, e ho scritto quasi venticinquemila battute. Lungo così il racconto funziona per tutti e tre. Lei lo legga e lasci perdere quei due... per favore».

Era carico di passione, scocciato e morto di stanchezza. Mollò il compito sulla cattedra e tornò a posto.

La prof. non replicò. Si sedette, spostò il registro di lato sulla cattedra, alzò lo sguardo sulla classe, afferrò il compito di Alberto e, diretta a lui, chiese: «Posso?» Alberto fece cenno di sì e lei cominciò a leggerlo ad alta voce. Si fermò soltanto ogni tanto, prendendo la penna e correggendo qualche errore o sottolineando qualche frase.

Alberto chiuse gli occhi e rivide la sua settimana come in un film. Aveva dormito pochissimo la notte precedente e gli si chiudevano gli occhi. Ma adesso immaginava sé stesso come Berto, in compagnia del nonno nella sua vera casa di campagna nel vercellese, e poi vedeva il vero muro di cemento e mattoni, quell'orrore architettonico che nemmeno aveva avuto il coraggio di descrivere, e gli occhi tristi del vecchio che tante cose gli aveva raccontato non meno di tre pomeriggi prima, e di colpo capì che cosa gli restava ancora da fare per chiudere in bellezza la settimana.

Tutto gli fu di una chiarezza così nitida che non lasciava trapelare dubbi o incertezze.

L'indomani doveva riprendere il treno per Vercelli, poi andare a Crescentino e San Silvestro e parlare col nonno. Aveva una proposta sensazionale da fargli, anzi due: mettersi d'accordo con la nipote, rimasta sola dopo la morte della sorella malata da tempo, se ben ricordava, e abbattere quel maledetto muro della discordia, poi ospitare nella villa suo padre per il tempo necessario a che si rimettesse in forze. Lì al paese c'era sicuramente qualcuno disposto ad aiutarlo, donna o uomo che fosse, perché al nonno volevano tutti bene, e sicuramente tante cose da decidere, pensare, organizzare lo avrebbero ringiovanito, avrebbero fatto ritornare il sorriso sul suo volto rugoso e rabbuiato dai dispiaceri.

Mentre Alberto elucubrava la sua strategia di riconciliazione familiare, la lettura del racconto finì e i compagni scoppiarono in un grande applauso.

«L'anno è passato. Bravo Alberto» esclamò la prof. «Ne farò delle fotocopie e le passerò a tutti. Bravo davvero. Vedi che la stoffa c'è. E allora tiratela fuori. A me vanno bene anche i tamburi, ma fatemeli sentire, invece di sbadigliare o prendervi a botte dal mattino alla sera. Se siete teste pensanti, pensate, per la miseria».

E, detto ciò, riafferrò il registro, si alzò e uscì dalla classe per lasciare posto alla collega di scienze, che aveva già socchiuso la porta per darle il cambio e aveva ascoltato la fine del racconto con meraviglia facendo anche lei dei chiari segni di approvazione.

Poi però le due prof. si fermarono a parlare sulla porta e la classe cominciò di nuovo a tuonare. Le due si girarono, imposero il silenzio, inutilmente, e ripresero a confabulare. Così i decibel tra i banchi ricominciarono a salire vertiginosamente.

Alberto intuì che c'era qualcosa di insolito nel comportamento dei professori quella mattina. Ma lo imputò alla fine imminente dell'anno scolastico e si disinteressò di tutto. Doveva completare mentalmente l'elenco delle cose da fare.

C'era una terza urgenza, dopo abbattere il muro e ospitare il padre: perorare la causa dei rumeni, dato che era necessario assoldare qualcuno che aiutasse al bar e loro erano disponibili subito, perché evidentemente cercavano un lavoretto estivo. E poi ce n'era anche una quarta: andare da Vasiliç e chiarirsi con lui. Non gli premeva tanto che l'orso ucraino ricostruisse per filo e per segno la vicenda che lo vedeva coinvolto. Aveva capito che non voleva aprirsi del tutto con lui e che non gli andava di parlarne più di tanto. Se poi c'era davvero di mezzo Joan, Vasiliç aveva ragionevolmente delle remore a fare il suo nome, oppure va' a sapere... loro due avevano qualche giro insieme di cui lui e i suoi compagni erano all'oscuro... Comunque quello che gli premeva era confermargli che lo riteneva un bravo diavolo e adesso, dopo le denunce, i piantoni e le mezze verità, lo riteneva un amico. Punto e basta. E si augurava che tutto si chiarisse in fretta e lui potesse presto ritornare a casa. Alberto voleva dirgli tutto questo senza Marco o Ana tra i piedi.

Poi c'era la quinta missione, forse la più importante di tutte e che quindi in cuor suo era la prima, ma perseguibile unicamente se metteva a posto gli altri tasselli della sua esistenza, ovvero voleva tornare alla carica col padre di Fatu e farsi accettare una buona volta, che a Fatu voleva dirglielo di persona quanto gli piacesse.

E naturalmente come sesta e ultima urgenza, o forse era la prima (non era più in grado di stabilire delle priorità, perso com'era nei meandri del suo girovagare col pensiero), doveva andare da suo padre e chiedergli scusa. Sì, semplicemente dirgli «Scusa, papà» e tutto sarebbe andato a posto.

Alberto cercò di radunare ancora una volta le idee, nonostante fosse frastornato dal baccano che esplodeva nella classe perché le prof. non accennavano a smettere di parlottare, anzi a ben guardare il gruppetto di insegnanti sulla porta si era fatto più folto. Per concludere trionfalmente la sua settimana di rinascita a nuova vita doveva darselo, però, un benedetto ordine. Così ricominciò a contare: primo, passare al bar da sua madre e sostenere la causa di Konstantin che era il più solerte e disponibile dei tre ragazzi rumeni. Su di lui si poteva fare affidamento. A quel punto poteva anche mangiare qualcosa, che non guasta mai. Secondo, doveva andare dal nonno e da suo padre e a casa di Fatu... farla uscire, prenderla per mano, dirle: «Quanto ti amo, quanto ti desidero, quanto sei bella, quanto ho voglia di starti vicino»... La testa di Alberto cadde pesante sul banco e nel frastuono generale di voci incrociate si addormentò come un sasso.

Fu risvegliato da un battere di tamburi e da un applauso frenetico che rimbombò per tutta la scuola. Aprì gli occhi e si ritrovò da solo nella classe, la bocca storta e stropicciata per la posizione scomoda che aveva assunto crollando dal sonno, una gamba formicolante e un terribile torcicollo che gli impediva di rizzarsi a sedere e traguardare la porta. Ma non poteva sbagliarsi. In corridoio c'era un concerto di tamburi africani. Le sue orecchie erano percosse da un ritmo forsennato, uno di quelli che non lasciano le gambe ferme, che costringono a battere le mani e a saltare da un piede all'altro, a scuotere la testa, sventolare i capelli, far vorticare le braccia e buttarsi nella mischia liberati da ogni pensiero, sgravati dall'ansia, padroni del proprio corpo e consci del vibrare intenso della propria anima. Cacchio, erano bravissimi! Alberto si stirò e si trascinò fuori in corridoio, sgranò gli occhi e fece per unirsi al ballo scatenato e improvvisato di una miriade di studenti che aveva

invaso il corridoio del fantasmagorico Istituto Lagrange. Spintonò un po' a destra e sinistra per farsi largo, alzò lo sguardo verso i mirabolanti suonatori, sicuro di vedere tra loro Piru che avrebbe voluto abbracciare, perché non poteva che essere lui l'ispiratore e l'organizzatore di quella festa, e rimase fulminato da Fatu. Alta, snella, luminosa, era in piedi su una sedia e teneva in mano un microfono. E in quel preciso istante, quasi apposta per dargli il benvenuto in quel consesso, se lo avvicinò alla bocca e inondò la scuola con le parole di una canzone della sua terra e un timbro di voce così suadente, così profondo, così emozionante da far venire la pelle d'oca, da svenire lì seduta stante.
Alberto indietreggiò e si appoggiò al muro. Chiuse gli occhi e cercò di riprendere il controllo del respiro che gli era venuto a mancare. Non poteva esser vero. Doveva essere frutto di un'allucinazione. Si era svegliato e ancora stava sognando. Non osava neppure sollevare di nuovo gli occhi per paura che si fosse trattato di una visione momentanea, che quella ragazza che cantava non fosse Fatu, ma una sua controfigura, una sua sosia, che qualcuno, tra Marco, Vasiliç, Piru, forse quel delinquente di Joan, avessero architettato un piano per annientarlo, per ridurlo a una polpetta, per cancellare i suoi sogni con un colpo di spugna. Povero illuso.

Invece no.

Da quel muro venne a scollarlo il padre di Fatu.

«Vedi» gli disse dolcemente battendogli la sua manona sulla spalla. «Vedi, ti ho dato retta. L'ho riportata a scuola. Cerca di avere riguardo. È preziosa».

Alberto lo fissò trasognato e non trovò la forza di rispondere. Soltanto sorrise.

Poi finalmente mise a fuoco il tutto.

C'erano anche Marco e Siri, sbucati dal nulla, che si sbracciavano tra la folla, c'era Piru che suonava il djembè con una tale velocità nelle mani che neppure si riuscivano a vedere, sventagliavano incorporee nell'aria, c'erano altri suonatori, congolesi o senegalesi non poteva dirlo, forse uno di loro era il famoso *griot* che suonava uno strano strumento a corde, c'erano gli insegnanti e la Preside, c'erano dei ragazzi sordomuti e degli adulti di colore che non aveva mai visto, c'era una suora del Cottolengo, c'era la vita di Porta Palazzo, c'era la sua vita e il suo futuro.

E lì Alberto, avvolto da quella musica impazzita, capì che non aveva bisogno di parole.

Incrociò finalmente lo sguardo di Fatu. Chinò la testa, chiuse gli occhi, si sentì morire, li riaprì e di nuovo incrociò i suoi, neri, grandi, bellissimi, laghi notturni, brillanti, perle che luccicavano come fulmini d'argento nel cielo della sua felicità, poi lei accennò un sorriso, fece ondeggiare la testa, si morse le labbra, gli soffiò un bacio nel microfono con un assolo diretto a lui, lui ricambiò con un bacio sottile, immaginato, inviato, vero, e finalmente senza parlare si rizzò, mise disinvolto le mani in tasca e capì di essere Alberto e di avere tutta la vita davanti.

Senza bisogno di parole.

O soltanto di una parola di quattro lettere: ciao!

Indice

Stampa: Elcograf - Cles (TN)